CARAMBAIA

ilimitada

Heinrich Böll

A honra perdida de Katharina Blum
De como surge a violência e para onde ela pode levar

Tradução
SIBELE PAULINO

Posfácio
PAULO SOETHE

As personagens e o enredo desta narrativa são puro fruto da imaginação.

Se, em descrições de certas práticas jornalísticas, surgirem semelhanças com as do jornal *Bild*, isso não se deu por acaso ou premeditação; foi, isso sim, inevitável.

1

Para o relato a seguir, existem algumas fontes secundárias e três principais. Elas são mencionadas agora, no começo, e não serão mais citadas. Eis as fontes principais: as transcrições dos autos do interrogatório da polícia; o advogado dr. Hubert Blorna; e o seu colega de faculdade e amigo, o promotor público Peter Hach, que — de maneira confidencial, entenda-se — complementou os autos e reportou certas medidas das autoridades responsáveis pelo inquérito e pelos resultados de pesquisas, quando não constavam nos autos, e isso não para uso oficial, mas privado — é preciso acrescentar —, pois causava-lhe muita comiseração a angústia de seu amigo Blorna, que não conseguiu esclarecer tudo e, ainda assim, achava tudo "não inexplicável, se parar bem para pensar, mas até mesmo quase lógico". Uma vez que o caso de Katharina Blum, de qualquer forma, permanece até certo ponto fictício dadas as atitudes dos acusados e a posição um tanto estranha do advogado de defesa Blorna, talvez certas pequenas incorreções, muito humanas, como as cometidas por Hach, sejam não apenas compreensíveis, mas até perdoáveis.

Quanto às fontes secundárias, algumas mais importantes, outras bem menos, elas não precisam ser mencionadas, porque seu envolvimento, imbróglio, relevância, parcialidade, consternação e testemunho já aparecem no relato.

2

Se neste relato, uma vez ou outra, tem-se a sensação de certa "fluidez" — até porque há tantas menções a fontes —, que o leitor o perdoe: foi inevitável. Tratar de "fontes" e de "fluidez" nos impede de falar de composição, de modo que talvez seja melhor introduzir o conceito de "interação", de "condução", o que ficará claro para todo aquele que, quando criança (ou mesmo adulto), já tenha brincado dentro, em torno ou com poças d'água, drenando-as, unindo-as por canais, esvaziando-as, desviando-as, refazendo os desvios, até finalmente *conduzir* todo o potencial hídrico disponível para um canal coletivo, em um nível mais baixo, de forma ordenada ou segundo ordens regulatórias, em uma canaleta de escoamento colocada por autoridades locais. Não há outra intenção aqui, portanto, senão a de drenar ou escoar. Um processo decididamente ordenador. Se em algumas passagens desta narrativa houver fluidez, não sendo menos relevantes as diferenças e equalizações de nível, pede-se benevolência, pois, ao fim, ocorrem estagnações, acúmulos, sedimentações, conduções e fontes malfadadas, que "não conseguem convergir"; além disso, há correntes subterrâneas etc. etc.

3

Os primeiros fatos a serem apresentados são brutais: quarta-feira, 20 de fevereiro de 1974, véspera da *Weiberfastnacht*[1], uma jovem de 27 anos sai de seu apartamento em certa cidade, por volta das 18h45, para dançar em uma festa privada.

Quatro dias mais tarde, após desdobramentos dramáticos – é preciso usar essa exata expressão (registre-se, aqui, a diferença de nível necessária para possibilitar

---

1 Festa tradicional alemã que ocorre na quinta-feira anterior à semana do carnaval. [N. T.]

o fluxo) –, na noite de domingo, por volta do mesmo horário – mais exatamente por volta das 19h04 –, ela toca a campainha da casa do superintendente da polícia, Walter Moeding. Ele está prestes a se fantasiar de xeique, não por diversão, e sim por motivos profissionais, e a jovem depõe ao aterrorizado Moeding que ela havia matado a tiros o jornalista Werner Tötges por volta das 12h15, na casa dela, pedindo que ele providenciasse o arrombamento de sua porta para que o jornalista fosse "removido". Ela mesma teria perambulado pela cidade entre 12h15 e 19h, para ver se sentia algum arrependimento, mas não foi o caso. Além disso, pede que seja presa, diz que gostaria de ficar onde seu "querido Ludwig" estava.

Moeding, que conhece a jovem de vários interrogatórios e tem certa simpatia por ela, e por isso não duvida em momento algum de suas informações, a leva em seu carro particular até a delegacia, conversa com seu superior, o delegado-chefe Beizmenne, e conduz a jovem até uma cela. Um quarto de hora mais tarde, encontra-se com Beizmenne na porta do apartamento dela, que uma equipe tática arromba, confirmando o que ela havia dito.

Não vamos falar, aqui, de banho de sangue propriamente, pois consideramos inevitáveis só as diferenças *necessárias* de nível; para isso, indicamos ao leitor a televisão e o cinema, espetáculos musicais de terror e outros musicais condizentes. Se é para fluir algo, que não seja sangue. Talvez apenas uma indicação de certos efeitos de cor: o corpo de Tötges estava vestido com uma fantasia improvisada de xeique, feita com um lençol já bastante puído, e o efeito que tanto sangue pode fazer com tanto branco é bastante conhecido. Uma pistola pode virar praticamente uma pistola de pintura e, como no caso a fantasia era algo próximo de uma *tela de algodão branco*, tudo está mais próximo de pintura moderna e cenografia que de drenagem. Enfim. Esses são os fatos.

4

Durante algum tempo, não se considerou improvável que o fotojornalista Adolf Schönner, encontrado morto, também a tiros, na quarta-feira de cinzas e em um bosque a oeste da cidade festiva, também tivesse sido vítima de Blum. Mais tarde, no entanto, quando foi montada certa ordem cronológica no processo, a suspeita deu-se como "comprovadamente improcedente". Mais tarde, um motorista de táxi declarou ter levado Schönner, que estava igualmente fantasiado de xeique, e uma jovem fantasiada de andaluza até aquela área. Tötges havia sido assassinado ao meio-dia de domingo e Schönner, só ao meio-dia da terça-feira seguinte. Embora logo tenham constatado que a arma do crime encontrada próxima a Tötges de maneira alguma era a que matou Schönner, a suspeita ainda repousou algumas horas sobre Blum, e por causa da motivação. Se ela teve motivo para se vingar de Tötges, no mínimo o teria tido para matar Schönner. Mas pareceu bastante improvável para os investigadores que Blum possuísse duas armas. Blum executou seu ato sanguinário com frieza calculada. Quando indagada se também teria atirado em Schönner, disse com uma resposta funesta disfarçada de pergunta: "Sim, ele também, por que não?". Depois desistiram de considerá-la suspeita do assassinato de Schönner, até porque a confirmação do álibi a absolveu quase que definitivamente. Ninguém – dos que já conheciam Katharina Blum, ou dos que passaram a conhecer seu caráter no correr da investigação – duvidaria que, se o tivesse cometido, ela teria confessado explicitamente o assassinato de Schönner. O motorista de táxi que havia levado o casalzinho até o bosque ("Eu diria que estava mais para um matagal alto mesmo", disse ele) não reconheceu Blum nas fotos. "Meu Deus", disse, "essas belezuras, morenas, entre 1,63 e 1,68 metro de altura, magras e entre seus 24 e 27 anos – isso aí tem aos montes no carnaval".

No apartamento de Schönner não foi encontrado nenhum vestígio de Blum, nenhuma indicação de mulher andaluza. Colegas e conhecidos de Schönner só sabiam que ele tinha se mandado do bar dos jornalistas na terça-feira, por volta do meio-dia, "com algum rabo de saia".

5

Foi alentador para um dos organizadores do carnaval, comerciante de vinho e champanhe, orgulhoso de ter trazido a alegria de volta, o fato de ambos os crimes terem vindo à tona só na segunda ou quarta-feira. "Se isso acontece no começo da festa, o clima e os negócios estão acabados. Basta todos ficarem sabendo que as fantasias estão sendo usadas para cometer crimes para os ânimos irem embora e os negócios, por água abaixo. Puro sacrilégio. Animação e galhofa precisam de confiança, é a base delas."

6

Bastante curioso foi o comportamento do JORNAL depois que o assassinato de seus dois jornalistas foi divulgado. Edições extras. Manchetes. Primeiras páginas. Obituários imensos. Como se, em um mundo com tantos crimes, o assassinato de um jornalista fosse algo muito fora do comum, mais importante que o de um diretor, um funcionário ou de um ladrão de banco.

É preciso mencionar aqui a atenção excessiva da mídia, porque não só o JORNAL, como também outros jornais de fato trataram o assassinato de um jornalista como algo muito grave, terrível, quase solene, e até se poderia dizer quase como um sacrifício humano em um ritual. Até se falou em "vítima da profissão", e é claro que o jornal se manteve firme na versão de que também Schönner seria vítima de Blum. Mesmo admitindo que Tötges provavelmente não teria sido assassinado se não fosse jornalista (mas sapateiro ou padeiro), talvez o ideal seja tentar descobrir se, no caso, não seria mais justo falar em morte por contingência profissional. Pois há de haver uma explicação para uma pessoa tão esperta e quase fria como Blum ter não apenas planejado o crime, mas também executado e, no momento decisivo e engendrado por ela, não só ter pego a pistola, como a colocado em ação.

7

Mas vamos sair imediatamente desse nível baixíssimo e voltar para o mais alto. Nada de sangue. Esqueçamos o alvoroço midiático. Nesse meio-tempo, o apartamento de Katharina Blum foi higienizado, os tapetes agora imprestáveis foram jogados no lixo, os móveis, limpos e postos no lugar; tudo à custa e por iniciativa do dr. Blorna, que para tanto foi autorizado por seu amigo Hach, ainda que não estivesse certo de que Blorna seria o administrador dos bens.

O fato é que, ao longo de cinco anos, Katharina Blum investiu 60 mil marcos em dinheiro em um apartamento próprio que valia 100 mil marcos. Por isso, para citar o irmão dela, que está atualmente cumprindo uma pena insignificante, ali "tem muita coisa boa pra tomar". Mas quem iria arcar com os juros e a amortização dos 40 mil marcos que faltam, mesmo levando em conta uma valorização nada irrelevante? Não restam só os ativos, também há os passivos.

Seja como for, Tötges foi enterrado (com uma pompa descabida, como afirmam alguns). Curioso é a morte e o enterro de Schönner não receberem a mesma atenção nem os mesmos gastos. Por que será? Por que ele não foi uma "vítima de sua profissão", mas muito provavelmente de uma trama de ciúmes? A fantasia de xeique está sob custódia, bem como a pistola (uma 8 milímetros), de cuja origem apenas Blorna tem conhecimento, enquanto a polícia e a promotoria se esforçam em vão por descobrir.

8

As investigações sobre as atividades de Blum durante os quatro dias em questão elucidaram bem seus passos nos primeiros dias, empacando, no entanto, quando chegou o domingo.

Na quarta-feira à tarde, Blorna havia pago duas semanas inteiras de ordenado para Katharina Blum, no valor de 280 marcos – parte referente à semana corrente, parte à semana seguinte, já que ele viajaria ainda na quarta à tarde com sua mulher para as férias de inverno. Katharina havia não só prometido como até mesmo jurado aos Blorna que finalmente iria tirar uma folga e se divertir no carnaval, em vez de pegar um trabalho extra, como em todos os anos anteriores. Animada, dissera a eles que fora convidada para uma festa privada na casa de sua madrinha, amiga e confidente, Else Woltersheim, e estava contente, pois fazia muito tempo que não tinha uma oportunidade de dançar. Diante disso, a sra. Blorna lhe disse: "Pois espere, Katie, na volta daremos uma festa, e você vai poder dançar de novo". Desde que chegara à cidade, havia cinco ou seis anos, Katharina volta e meia se queixava da falta que sentia de "simplesmente sair para dançar em algum lugar". Ali havia, como ela contou aos Blorna, espeluncas cheias de estudantes reprimidos que, na verdade, queriam apenas ficar com putas de graça, ou esses lugares boêmios que ela achava malucos demais, e as festas de igreja, que ela definitivamente detestava.

Não foi difícil descobrir que naquela quarta-feira à tarde Katharina havia trabalhado durante duas horas para o casal Hiepertz, que ela auxiliava ocasionalmente, quando a solicitavam. Os Hiepertz também iriam deixar a cidade no carnaval e visitar a filha em Lemgo, por isso Katharina levou os patrões idosos no próprio Volkswagen até a estação de trem. Apesar da dificuldade de estacionar, ela fez questão de levá-los até a plataforma e carregar as malas. ("Não por dinheiro, não, não. Para esse tipo de favor ela não nos deixa oferecer nada, é uma ofensa muito grande para ela", explicou a sra. Hiepertz.) Como confirmado depois, o trem partiu às 17h30. Se dermos a Katharina de cinco a dez minutos para encontrar o carro em meio ao incipiente rebuliço de carnaval, mais 20 ou 25 minutos para chegar até seu apartamento, que fica num parque residencial no subúrbio da cidade, e no qual ela teria conseguido entrar só entre 18h e 18h15, então não houve um minuto sequer a descoberto. E seria justo supor que ela gastou algum tempo para tomar banho, se trocar e comer alguma coisa, pois, por volta das 19h25, ela já tinha aparecido na festa da sra. Woltersheim, indo não com seu carro, mas de bonde. Ela não estava fantasiada nem de beduína nem de andaluza, usava tão somente um cravo vermelho no cabelo, meias e sapatos vermelhos, uma blusa de gola alta de seda rústica cor de mel e saia de *tweed* simples, da mesma cor. Pode parecer irrelevante que Katharina tenha chegado à festa de carro ou de bonde, mas aqui se faz necessário mencionar, porque durante o inquérito isso foi de importância cabal.

9

A partir do momento em que ela entrou no apartamento de Woltersheim, as investigações ficaram mais fáceis, pois Katharina, sem saber, estava sendo monitorada pela polícia desde as 19h25. A noite toda, das 19h30 às 22h, antes de deixar o apartamento, ela dançou, "exclusiva e intimamente", como declarou mais tarde, com um certo Ludwig Götten.

10

Não podemos nos esquecer de render tributo ao promotor público Peter Hach, pois foi única e exclusivamente graças a ele que se obteve a informação (que beira a fofoca interna da justiça) de que o delegado-chefe Erwin Beizmenne grampeou os telefones de Woltersheim e de Blum a partir do momento em que Blum deixou o apartamento de Woltersheim acompanhada de Götten. Isso aconteceu de um modo que talvez seja digno de nota. Em casos como esses, Beizmenne telefonava para o superior responsável e dizia a ele: "Vou precisar de novo dos meus *plugs*. Desta vez de dois".

11

Ficou evidente que Götten não usou o telefone no apartamento de Katharina. De qualquer modo, Hach não sabia nada disso. O certo é que o apartamento de Katharina estava sob estrita observação. E como, até às 10h30, na manhã da quinta-feira, nem o telefone havia sido usado nem Götten havia deixado o apartamento, oito policiais fortemente armados o invadiram, pois Beizmenne havia começado a perder a paciência e o controle dos nervos. Eles entraram com todas as medidas preventivas, revistaram, mas não encontraram Götten, somente Katharina, "relaxada e parecendo quase feliz", recostada no aparador da cozinha, bebendo uma caneca grande de café e mordendo um pedaço de pão branco com manteiga e mel. Ela se tornou suspeita justamente ao dar a impressão não de estar surpresa, mas bastante composta, para não dizer "triunfante". Ela vestia um roupão de banho de algodão verde, bordado de margaridas; por baixo estava nua, e, ao ser questionada pelo comissário Beizmenne sobre o paradeiro de Götten ("de um modo bem rude", como ela narrou mais tarde), ela disse não saber quando Ludwig havia deixado o apartamento. Ela acordou por volta das 9h30, e ele não estava mais lá. "Sem se despedir?" – "Sim."

12

Aqui precisamos tomar conhecimento de uma pergunta bastante controversa feita por Beizmenne, que Hach mencionou, retirou, depois mencionou mais uma vez e de novo retirou. Blorna considera que essa pergunta seja importante por acreditar que, se de fato foi formulada, é aí e em nenhum outro lugar que poderia ter-se dado o começo da amargura, da humilhação e do ódio de Katharina. Uma vez que Blorna e sua mulher descreveram Katharina Blum como sendo extremamente sensível, quase uma puritana no quesito sexual, a mera *possibilidade* de Beizmenne ter formulado a pergunta controversa – ele mesmo enfurecido com o desaparecimento de Götten, que ele acreditava ter capturado com toda a certeza – deve ser considerada. Beizmenne *supostamente* perguntou à Katharina, que estava recostada no aparador, serena e provocante: "E então, ele te comeu?", ao que Katharina deve ter tanto enrubescido como respondido com um tom de triunfo: "Não, eu não chamaria assim". Parece seguro admitir que, *se* Beizmenne fez essa pergunta, daquele momento em diante já não seria possível estabelecer qualquer tipo de confiança entre ele e Katharina. O fato de não ter surgido uma relação de confiança entre ambos – embora Beizmenne tenha comprovadamente tentado e não fosse considerado "assim tão nojento" – não vale como prova definitiva de que ele teria realmente feito a pergunta execrável. De toda forma, Hach, que esteve presente durante a busca, é considerado por conhecidos e amigos um "tarado", e bem poderia ter sido o caso de uma ideia tão grosseira ter-lhe ocorrido ao ver Blum, bastante atraente, recostada em seu aparador de modo tão casual, e que ele, sim, tivesse formulado aquela pergunta, ou desejado praticar com ela a atividade definida com tanta grosseria.

13

Em seguida, o apartamento foi minuciosamente vasculhado e alguns objetos foram confiscados, sobretudo escritos. Katharina Blum teve permissão para se trocar no banheiro, na presença da policial feminina Pletzer. Mas não permitiram que ela fechasse a porta do banheiro por completo, e dois policiais armados continuaram vigiando atentamente. Permitiram que Katharina levasse sua bolsa, além de pijama, artigos de higiene e livros, pois a possibilidade de ela ser presa não estava excluída. Sua biblioteca consistia em quatro romances de amor, três policiais, bem como uma biografia de Napoleão e outra da rainha Cristina da Suécia. Todas as edições vinham de um clube do livro. Como ela não parava de perguntar: "Como assim? Eu cometi algum crime?", a policial Pletzer acabou por informá-la, de forma amigável, de que Ludwig Götten era um bandido havia muito tempo procurado, provavelmente culpado de roubo a banco e assassinato, e suspeito de outros crimes.

14

Por volta das 11h, quando Katharina Blum foi levada de seu apartamento e conduzida ao interrogatório, acabaram desistindo de levá-la algemada. Beizmenne estava propenso a fazê-lo, porém desistiu da ideia depois de uma conversa rápida com a policial Pletzer e o assistente Moeding. Como era *Weiberfastnacht*, muitos moradores não tinham ido trabalhar e ainda não haviam começado as saturnálias anuais dos desfiles, festas etc., umas três dúzias de moradores do prédio de dez andares estavam no saguão, vestidos com seus casacos, robes e roupões. O fotojornalista Schönner estava a poucos passos do elevador, quando saíram dele Katharina Blum, entre Beizmenne e Moeding, cercados por policiais armados. Ele a fotografou várias vezes de frente, de costas e de perfil, descabelada e com uma expressão nada amigável, pois havia tentado várias vezes esconder o rosto, por vergonha e perplexidade, ao mesmo tempo se atrapalhando com a bolsa, a nécessaire e uma sacola plástica onde estavam os livros e um estojo.

15

Meia hora mais tarde, depois de terem declarado seus direitos e lhe concedido um tempo para se recompor, deu-se início ao interrogatório na presença de Beizmenne, Moeding, da senhora Pletzer e dos promotores dr. Korten e Hach, e assim consta nos autos: "Meu nome é Katharina Brettloh, nascida Blum. Nasci no dia 2 de março de 1947, em Gemmelsbroich, na comarca de Kuir. Meu pai era o minerador Peter Blum. Eu tinha 6 anos de idade e ele 36 quando morreu de lesão pulmonar causada durante a guerra. Depois da guerra, meu pai voltou a trabalhar em uma pedreira de ardósia e também havia a suspeita de estar com pneumoconiose. Minha mãe teve dificuldades com a pensão, porque a Previdência Social e o sindicato dos mineradores não conseguiram entrar em acordo. Desde muito cedo fiz todo o serviço doméstico, pois meu pai estava sempre doente, e assim não recebia, e minha mãe trabalhava em vários lugares como faxineira. Nunca tive nenhuma dificuldade na escola, apesar de fazer muito trabalho doméstico enquanto estudava, não só em casa como também nos vizinhos e na casa de outros moradores da cidade, onde eu auxiliava a cozinhar e assar, a fazer as conservas e a abater os animais. Eu sempre fiz todo o trabalho de casa e ajudava na colheita. Com o auxílio da minha madrinha, a sra. Else Woltersheim, de Kuir, depois de ter terminado a escola, em 1961, consegui uma vaga como auxiliar doméstica no açougue Gerbers, em Kuir, onde de vez em quando eu também precisava ajudar nas vendas. De 1962 a 1965, com auxílio e financiamento da minha madrinha, a sra. Woltersheim, que dava aulas ali, me formei com louvor em uma escola de economia doméstica em Kuir. De 1966 a 1967, trabalhei como governanta na pré-escola integral da empresa Koeschler, na cidade vizinha de Oftersbroich, depois consegui uma vaga como doméstica na casa do médico dr. Kluthen, também em Oftersbroich, onde fiquei só um ano, porque o doutor ia se tornando cada vez mais indecoroso, e a sua esposa não podia suportar isso. Eu também não gostava dessas inconveniências. Era nojento. Em 1968, fiquei desempregada por algumas semanas e estava ajudando minha mãe no trabalho doméstico em casa e, às vezes, nas reuniões e noites de boliche da fanfarra de Gemmelsbroich, onde conheci, através de meu irmão Kurt Blum, o operário têxtil Wilhelm Brettloh, com quem me casei alguns meses depois. Morávamos em Gemmelsbroich, e em alguns fins de semana, quando havia muitos visitantes na cidade, ajudava na cozinha do restaurante Kloog, às vezes como garçonete. Já na metade do ano comecei a sentir uma repulsa insuperável por meu marido. Sobre isso não quero entrar em detalhes. Eu o deixei e me mudei para a cidade. Fui a parte culpada de meu divórcio por abandono do lar e voltei a usar meu nome de solteira. Primeiro morei com a sra. Woltersheim, até que, depois de algumas semanas, achei uma vaga de governanta e doméstica na casa do auditor, dr. Fehnern, onde também passei a morar. O dr. Fehnern me possibilitou frequentar cursos noturnos e de aperfeiçoamento, passar nos exames estatais e me tornar governanta oficialmente qualificada. Ele era muito bom e generoso, e eu continuei com ele depois de aprovada no exame. No fim de 1969, o dr. Fehnern foi preso por sonegação considerável de impostos, constatada por grandes empresas para as quais ele trabalhava. Antes de ser levado, ele me deu um envelope com o valor de três salários e me pediu que continuasse cuidando de tudo, porque logo ele voltaria. Fiquei ainda um mês; cuidei de seus funcionários, que trabalhavam no escritório dele sob a supervisão de auditores fiscais públicos; mantinha a casa limpa e o jardim em ordem, também cuidava da roupa suja. Sempre levava ao sr. Fehnern, no centro de detenção, roupas limpas, além de comida, em especial patê das Ardennes, que eu aprendi a fazer no açougue Gerbers. Mais tarde, o escritório foi fechado, a casa, confiscada, e eu tive de sair do meu quarto. Parece que ficou provado que o dr. Fehnern também tinha desviado verba e era falsificador, então ele teve mesmo de cumprir a pena na prisão, onde continuei lhe fazendo visitas. Eu quis devolver os dois meses de salário que lhe devia. Ele me proibiu terminantemente de fazer isso. Logo consegui emprego na casa dos Blorna, que eu havia conhecido através do sr. Fehnern.

"Os Blorna moram em um sobrado de luxo na área residencial verde no sul da cidade. Embora tivessem me oferecido moradia, recusei. Queria ser independente de uma vez e exercer minha profissão de maneira mais autônoma. O casal Blorna foi muito amável comigo. A sra. Blorna — ela trabalha em um grande escritório de arquitetura — me ajudou com a compra de um apartamento na cidade-satélite, ao sul, cujo anúncio dizia 'Morando com elegância às margens do rio'. O sr. Blorna conhecia o projeto na qualidade de advogado industrial, a sra. Blorna como arquiteta. Calculei com o sr. Blorna o financiamento, os juros e a amortização de um apartamento de quarto, sala, cozinha e banheiro no oitavo andar. Como nesse meio-tempo eu já dispunha de 7 mil marcos guardados e os Blorna me fiaram um empréstimo de 30 mil marcos, consegui me mudar para meu próprio apartamento já no começo de 1970. De início, minha despesa mínima mensal somava mais ou menos 1.100 marcos, mas como o casal Blorna não cobrava minha alimentação — a sra. Blorna até me dava todo dia algo de comer e beber para levar —, eu podia viver de forma bem econômica e consegui amortizar meu crédito bem mais rápido do que tinha sido calculado inicialmente. Há quatro anos que eu cuido, na casa deles, das finanças e dos serviços domésticos com autonomia. Entro no serviço às sete da manhã e saio à tarde, por volta das quatro e meia, quando já terminei a limpeza e a arrumação, as compras e os preparativos para o jantar. Também cuido de toda a roupa suja da casa. Entre quatro e meia e sete horas, cuido de minha própria casa, depois, como de costume, trabalho uma hora e meia, duas horas, para um casal de aposentados, os Hiepertz. Aos sábados e domingos, ambos me pagam um extra. Às vezes, durante meu tempo livre, trabalho para a empresa de *catering* Kloft, ou dou uma ajuda em recepções, festas, casamentos, eventos, bailes, na maior parte como autônoma a preço fechado e por conta e risco, às vezes também pela Kloft. Trabalho na parte de cálculo, planejamento, ocasionalmente como cozinheira ou garçonete. Em média, meus ganhos brutos somam entre 1.800 e 2.300 marcos ao mês. Para a Receita sou tida como autônoma. Eu mesma pago meus impostos e seguros. Todas essas coisas... declaração de impostos etc., o escritório Blorna organiza para mim sem custos. Desde a primavera de 1972 possuo um Volkswagen, ano 1968, que o cozinheiro Werner Klormer, da Kloft, me vendeu por um preço bom. Estava ficando muito difícil chegar a todos os meus trabalhos de transporte público. O carro me dá mobilidade suficiente para trabalhar em recepções e festas em hotéis mais distantes."

16

Essa parte do interrogatório durou das 11h30 até 12h30 e, depois de uma interrupção de uma hora, de 13h30 até 17h45. Durante a pausa para o almoço, Blum se recusou a aceitar o café e o sanduíche de queijo oferecidos pela polícia, mesmo a insistência da sra. Pletzer, que claramente lhe queria muito bem, e do assistente Moeding não foi capaz de fazê-la mudar sua postura. Era claramente impossível para ela, como disse Hach, separar a esfera profissional da privada e perceber a necessidade do interrogatório. Quando Beizmenne, ao se servir de café e sanduíches, soltou o colarinho e afrouxou a gravata, e não só deu impressão de ser paternal como também se tornou de fato paternal, Blum fez questão de ser levada até sua cela. Está registrado que os dois policiais designados para vigiá-la esforçaram-se por oferecer café e sanduíche, mas ela balançava a cabeça, persistente; ficou sentada em sua cama, fumando um cigarro e torcendo o nariz e fazendo cara de nojo para expressar sua repulsa ante as manchas de vômito no vaso sanitário da cela. Mais tarde, depois que a sra. Pletzer e os dois jovens policiais a convenceram, ela permitiu que lhe medissem a pulsação. Quando esta se mostrou normal, ela cedeu e pediu um pedaço de bolo e uma xícara de chá de um café próximo, e insistiu em pagar com seu próprio dinheiro, embora um dos jovens policiais, que naquela manhã tinha vigiado a porta do banheiro enquanto ela se trocava, estivesse disposto a lhe "pagar uma bebida". O veredito de ambos os policiais e da sra. Pletzer sobre esse episódio com Katharina Blum: falta de senso de humor.

17

O interrogatório prosseguiu entre 13h30 e 17h45. Beizmenne preferiria que ela o tivesse encurtado, mas Blum insistiu nos detalhes, apoiada por ambos os promotores. Por fim, até Beizmenne concordou com o detalhamento — a princípio foi relutante, depois achou compreensível por conta do pano de fundo, que passou a achar relevante.

Por volta das 17h45, levantou-se a questão se o interrogatório deveria prosseguir ou ser interrompido, se liberavam Blum ou a conduziam até sua cela. Por volta das 17h, ela havia de fato se dignado aceitar mais um bule de chá e um sanduíche de presunto, e declarou estar de acordo com o prosseguimento do interrogatório, pois Beizmenne havia lhe prometido que, depois de concluído, ela estaria liberada. Naquele momento, veio à tona sua relação com a sra. Woltersheim. Ela era sua madrinha, disse Katharina Blum, sempre cuidou dela, era uma prima distante de sua mãe. Assim que se mudou para a cidade, entrara em contato com ela.

"Fui convidada para a festa do dia 20 de fevereiro. Deveria ser no dia 21 de fevereiro, na *Weiberfastnacht*, mas foi antecipada porque a sra. Woltersheim tinha assumido compromissos profissionais para a *Weiberfastnacht*. Era a primeira vez que eu saía para dançar depois de quatro anos. Vou corrigir o que disse: várias vezes, talvez duas, três, até quatro vezes dancei em festas, à noite, na casa dos Blorna, nas quais eu também trabalhava. No fim das festas, quando eu já tinha terminado de arrumar e limpar tudo e servido o café, o dr. Blorna assumia o bar, eles me chamavam na sala de visitas e eu dançava com o sr. Blorna e com outros senhores acadêmicos, executivos e políticos. Depois de algum tempo, eu passei a aceitar os convites bastante contrariada e hesitante, até que deixei de aceitá-los, porque aqueles senhores também eram indecorosos, pois em geral ficavam embriagados. Para ser mais exata: depois que comprei meu carro, passei a recusar esses convites. Antes, eu dependia disso, pois sempre algum dos senhores me levava para casa. Inclusive aquele ali." – apontou para Hach, que ficou vermelho de vergonha – "Dancei com ele algumas vezes." Ninguém perguntou se também Hach havia sido indecoroso.

18

O interrogatório foi bastante longo, porque Katharina Blum, com uma minúcia surpreendente e fastidiosa, controlava cada formulação, mandava ler uma por uma todas as frases que se registravam nos autos. Exemplo disso foi a palavra "indecoroso" mencionada na última parte e que a princípio foi registrada como "amoroso", conforme a primeira versão: "Aqueles senhores eram amorosos", o que fez Katharina Blum se rebelar e impedir terminantemente que o registro ficasse assim. Houve verdadeiras controvérsias de definição entre ela e os promotores, entre ela e Beizmenne, porque Katharina afirmava que "amoroso" seria algo consensual e "indecoroso" não, e que sempre era o segundo caso. Quando eles acharam que nada disso era importante e que ela era culpada de o interrogatório durar mais do que o normal, ela disse que não assinaria um auto em que constasse "amoroso" no lugar de "indecoroso". Para ela, a diferença entre ambos era decisiva, e um dos motivos pelos quais havia se separado de seu marido. Amoroso mesmo ele nunca tinha sido, mas sempre indecoroso.

Controvérsias parecidas surgiram sobre a palavra "amável", usada para o casal Blorna. No auto registrou-se "legal comigo". Blum insistia na palavra "amável". Quando veio a sugestão de "benevolente", porque "amável" soava muito antiquado, ela se rebelou e afirmou que ser legal e benevolente não tinha nada a ver com ser amável, e era assim que julgava a postura dos Blorna diante dela.

19

Enquanto isso, os moradores do prédio foram ouvidos, e a grande maioria soube dizer muito pouco ou nada a respeito de Katharina Blum. Às vezes a encontravam no elevador, cumprimentavam-na, sabiam que o Volkswagen vermelho era dela; alguns a tomavam por secretária-executiva, outros por chefe de setor em uma loja de departamentos; estava sempre com boa aparência e era amigável, ainda que fria. Dentre os moradores dos cinco apartamentos do oitavo andar, onde ficava o de Katharina, só dois puderam informar algo mais detalhado. Uma era dona de um salão de beleza, a sra. Schmill, o outro, um funcionário público aposentado da companhia de energia elétrica, Ruhwiedel, e o surpreendente é que ambos afirmaram em seu depoimento que Katharina volta e meia recebia visitas masculinas. A sra. Schmill asseverou que as visitas eram regulares, a cada duas ou três semanas, e citou um homem na casa dos 40 anos, bastante atlético, com certeza da "melhor" sociedade;

ao passo que o sr. Ruhwiedel caracterizou o visitante como um rapaz relativamente jovem e delgado, que algumas vezes vinha sozinho, outras acompanhando a srta. Blum. Umas oito ou nove vezes, nos últimos dois anos, "e isso foram só as visitas que eu vi – sobre as que eu não vi, é claro que não posso dizer nada".

Ao entardecer, quando Katharina foi confrontada com esses depoimentos e solicitada a dar esclarecimentos sobre eles, foi Hach quem tentou se aproximar dela, antes mesmo de formular a questão, e sugerir se tais visitas não seriam aqueles senhores que eventualmente lhe traziam em casa. Katharina, cada vez mais vermelha de vergonha e irritação, retrucou afiada se por acaso era proibido receber visitas de cavalheiros, e, como ela não embarcou na gentileza dele, ou talvez nem a tenha reconhecido como tal, Hach se tornou mais ríspido ainda e disse que ela devia ser mais clara sobre isso, já que ali se investigava um caso muito sério, o de Ludwig Götten, que era muito complexo e ocupava a polícia e a promotoria havia mais de um ano. Perguntou-lhe ainda se essas visitas masculinas, que ela claramente não negava, eram sempre do mesmo homem. Nesse momento, houve uma intervenção brusca de Beizmenne, que disse: "A senhora conhece Götten há dois anos".

Katharina ficou tão perplexa com essa afirmação que não encontrou resposta, e por um momento ficou apenas olhando para Beizmenne, sacudindo a cabeça. Gaguejou um "não, não, eu só o conheci ontem" com uma brandura surpreendente, que não convenceu ninguém. Ao ser instada a identificar o senhor da visita, negou com a cabeça, "quase horrorizada", e se recusou a depor sobre isso. Então, Beizmenne voltou a ser paternal e a encorajou, dizendo-lhe que não havia nada de mau em ter um namorado que – e aí ele cometeu um erro psicológico decisivo — não fosse indecoroso com ela, mas talvez amoroso; ela era divorciada, não tinha mais obrigação de ser fiel, e não seria nem um pouco reprovável — o terceiro erro decisivo! — se de repente houvesse vantagens materiais decorrentes daquele amor decoroso. Aí Katharina Blum ficou fula de vez. Continuou se recusando a fazer declarações e insistiu para ser levada ou a uma cela ou para casa. Para surpresa geral, Beizmenne declarou, brando e cansado — já eram 20h40 —, que ela tinha permissão de voltar para casa, acompanhada de um policial. Mas, quando ela já tinha levantado e juntado bolsa, nécessaire e sacola plástica, ele perguntou na lata: "Como o seu amoroso Ludwig conseguiu sair do apartamento essa noite? Todas as entradas e saídas estavam sendo vigiadas — a senhora, só a senhora, deve conhecer um caminho e mostrou a ele. E eu vou descobrir. Até mais ver".

20

Moeding, o assistente de Beizmenne que levou Katharina para casa, mais tarde relatou que ficou preocupado com o estado da jovem e temia que ela pudesse tomar uma atitude desesperada; estava completamente arrasada, esgotada, e mesmo nesse estado acabou por mostrar um humor surpreendente ou passou a desenvolvê-lo como uma reação. Ao longo do trajeto pela cidade, perguntou a ela, jocoso, sem embaraço ou segundas intenções, se não seria bom se eles tomassem algo ou saíssem para dançar. Ela concordou e disse que não seria nada mal, talvez até fosse bom mesmo. Depois, em frente ao seu prédio, tendo se oferecido para subir com ela até o apartamento, Katharina disse, sarcástica: "Ah, melhor não, já tive visitas masculinas até demais, como o senhor sabe — mesmo assim, obrigada".

Moeding tentou a noite toda e até bem tarde convencer Beizmenne de que Katharina Blum deveria ser presa, para sua própria segurança. Beizmenne perguntou se ele não estaria apaixonado por ela, ele disse que não, apenas lhe queria bem, tinham a mesma idade. Não acreditava na teoria de Beizmenne de que havia uma grande conspiração na qual Katharina estava envolvida.

O que ele não relatou, mas que mesmo assim chegou ao conhecimento do sr. Blorna pela sra. Woltersheim, foram os dois conselhos que deu a Katharina, que ele continuou acompanhando no saguão até o elevador, dois conselhos bem delicados, que teriam lhe custado caro e, além disso, poderiam ter posto a vida dele e de seus colegas em risco. O que ele disse à Katharina diante do elevador foi: "Fique longe do telefone e não veja o jornal amanhã", mas não ficou claro se ele se referia ao JORNAL ou a outro qualquer.

21

Por volta das 15h do dia em questão (quinta-feira, 21 de fevereiro de 1974), Blorna, onde estava passando suas férias, calçou pela primeira vez o par de esquis e se preparava para praticar o esporte. A partir desse momento, tudo começaria a dar errado com suas férias, com as quais sonhava havia muito tempo. Fora tão agradável o passeio de duas horas com Trude pela neve na noite anterior, logo que chegaram, e mais tarde a garrafa de vinho diante da lareira acesa e o sono profundo com a janela aberta. O primeiro longo café da manhã das férias, e depois algumas horas no terraço, enrolados na coberta e sentados na cadeira de vime. E, bem no momento em que se preparava para esquiar, veio o rapaz do JORNAL e começou a tagarelar sobre Katharina. Ele a considerava capaz de cometer um crime? "Como assim?", disse. "Sou advogado e sei muito bem quem é capaz de cometer um crime. Do que estamos falando? Katharina? Impensável, como o senhor chegou nisso? De onde o senhor tirou isso?" Ao descobrir que um bandido procurado fazia muito tempo havia, como estàva provado, pernoitado na casa de Katharina, e que ela desde mais ou menos 11h passava por um interrogatório rigoroso, quis imediatamente voltar e ficar ao lado dela, mas o rapaz do JORNAL — será que o rapaz era de fato repulsivo ou ele só achou isso mais tarde? — disse que não era nada tão grave assim e perguntou se ele poderia mencionar algumas características dela. Diante da recusa, o rapaz disse que aquilo parecia um péssimo sinal e que poderia ser mal interpretado, pois o silêncio sobre o caráter dela, em um caso como aquele — tratava-se de uma "matéria de capa" —, sem dúvida era um indício do mau-caratismo de Blum. Com muita raiva e bastante irritado, Blorna disse: "Katharina é uma pessoa muito inteligente e fria" e se aborreceu ainda mais, porque isso também não era verdade e não expressava exatamente o que queria e deveria ter dito. Nunca teve nenhuma proximidade com jornais, muito menos com o JORNAL, e quando o rapaz foi embora em um Porsche, tirou os esquis e soube que as férias tinham acabado. Subiu ao encontro de Trude, que estava tomando sol no terraço, coberta e confortável, quase dormindo. Contou o ocorrido. "Telefone para ela", disse ela, e ele tentou telefonar, três, quatro, cinco vezes, mas sempre com o mesmo resultado: "Ninguém atende". Por volta das 23h, tentou ligar mais uma vez, e de novo ninguém atendeu. Bebeu muito e dormiu mal.

22

Na sexta-feira cedo, quando ele apareceu para o café da manhã, contrariado, por volta das 9h30, Trude lhe estendeu o JORNAL. Katharina na primeira página. Uma foto enorme, letras garrafais.

KATHARINA BLUM, AMANTE DE LADRÃO, SE RECUSA A DEPOR SOBRE VISITAS MASCULINAS.

O bandido e assassino Ludwig Götten, procurado há um ano e meio, teria sido preso, não fosse sua amante, a doméstica Katharina Blum, apagar seus vestígios e ajudá-lo a fugir. A polícia supõe que há muito tempo Blum esteja envolvida em uma conspiração. (Para maiores detalhes, leia na última página a matéria VISITAS MASCULINAS.)

Virando a última página, ele leu que o JORNAL tinha transformado sua opinião de que Katharina era inteligente e fria em "gélida e calculista"; sua opinião geral sobre criminalidade, na de que ela seria "perfeitamente capaz de cometer um crime".

O padre de Gemmelsbroich afirmou: "Ela é capaz de tudo. O pai era um comunista disfarçado e sua mãe, que eu, por caridade, contratei durante um tempo como zeladora, roubou o vinho da sacristia e lá fez orgias com seu amante".
Há dois anos, Blum tinha visitas regulares de homens. Seu apartamento seria um centro de conspiração, um ponto de encontro de bandidos, um arsenal de armas? Como pode uma doméstica, que recém-completou 27 anos, ter um apartamento no valor estimado de 110 mil marcos? Será que ela ficava com uma parte dos roubos?

A polícia continua investigando. A promotoria trabalha a todo vapor. Amanhã tem mais. O JORNAL SEMPRE FAZENDO O SEU TRABALHO! Informações completas dos bastidores amanhã, na edição do fim de semana.

À tarde, no aeroporto, Blorna reconstruiu toda a sequência de acontecimentos passados até então.

10h25: telefonema de Lüding, bastante nervoso, que me implorou para voltar imediatamente e colocá-lo em contato com Alois, igualmente nervoso. Alois, em alegada exaustão completa — o que eu nunca tinha visto nele antes, e por isso parecia improvável —, no momento participava de um colóquio para empresários cristãos em Bad Bedelig, onde terá de proferir a palestra principal e conduzir a discussão.

10h40: telefonema de Katharina, que me perguntou se eu, de fato, teria dito aquilo que estava no JORNAL. Feliz por poder dar esclarecimentos a ela, expliquei-lhe o contexto todo, e ela disse (só tenho isso de memória) mais ou menos o que se segue: "Acredito no senhor, acredito, agora sei como esses desgraçados trabalham. Hoje de manhã foram incomodar até minha mãe doente, Brettloh e outras pessoas". Perguntei onde ela estava, disse-me que "na casa da Else, e agora tenho de voltar para o interrogatório".

11h: telefonema de Alois — que pela primeira vez na vida vi ansioso e com medo, e eu o conheço há vinte anos. Disse que eu devia voltar imediatamente e assumi-lo como cliente em uma questão bastante delicada. Agora tinha de proferir a palestra, depois almoçaria com os empresários, em seguida conduziria a discussão e, à noite, teria uma reunião informal; só entre 19h30 e 21h30 ele poderia estar em nossa casa, pois mais tarde deveria voltar à reunião informal.

11h30: Trude também acha que temos de partir imediatamente para ficarmos ao lado de Katharina. Como depreendi de seu sorriso irônico, ela (provavelmente, como de praxe) já devia ter uma teoria apropriada sobre as dificuldades de Alois.

12h15: reservas feitas, malas prontas, conta paga. Depois das sucintas quarenta horas de férias, fomos de táxi para I. Lá, espera no aeroporto, entre 14h e 15h, em meio à neblina. Conversa longa com Trude sobre Katharina, com quem tenho uma ligação muito, muito forte, como Trude sabe. Também sobre o quanto encorajamos Katharina a não ser tão sensível, a esquecer a infância infeliz e o casamento destroçado. Como tentamos fazê-la superar o orgulho em se tratando de dinheiro e aceitar um empréstimo nosso a juros mais baixos que os do banco, não lhe convenceu nem a explicação de que, mesmo que ela nos pagasse 9% em vez dos 14% do banco, isso não iria nos causar prejuízo, e ela ainda pouparia muito dinheiro. Como somos gratos a Katharina: desde que ela começou a cuidar da nossa casa, tranquila e amigável, também metódica, não só os custos baixaram consideravelmente como ela também nos deixou livres para exercer nossa profissão, tanto que mal podemos expressar nossa gratidão com dinheiro. Ela nos libertou de um caos de cinco anos, que tanto sobrecarregava nosso casamento e nossa vida profissional.

Por volta das 16h30, decidimos pegar um trem, já que a neblina não parecia se dissipar. Seguindo o conselho de Trude, *não* telefonei para Alois. Táxi para a estação, onde ainda conseguimos apanhar o trem das 17h45 para Frankfurt. Viagem penosa – náusea, nervosismo. Mesmo Trude está séria e agitada. Fareja uma grande desgraça. Exaustão total, ainda baldeação em Munique, onde apanhamos um vagão-leito. Ambos com expectativa de aflição com e por Katharina, irritação com Lüding e Sträubleder.

23

Chegaram à cidade sábado de manhã, na estação de trem da cidade que continuava festiva, como convém à época, totalmente desgastados e infelizes; logo na plataforma da estação, o JORNAL, e de novo Katharina na primeira página, dessa vez descendo as escadas da delegacia acompanhada de um policial à paisana. NOIVA DE ASSASSINO AINDA ESCONDE O JOGO! NENHUM SINAL DO PARADEIRO DE GÖTTEN! POLÍCIA BASTANTE ALARMADA.

Trude comprou aquilo, foram para casa de táxi e em silêncio. Quando pagaram o motorista, e enquanto Trude abria a porta da casa, o motorista apontou para o JORNAL e disse: "O senhor também está metido nessa, logo o reconheci. É o advogado e patrão dessa rampeira". Deu-lhe gorjeta até demais e o motorista, cujo sorrisinho era menos malicioso que o tom de voz, trouxe-lhe malas, bolsas e esquis até o hall de entrada e disse, gentil: "Até mais".

Trude já tinha ligado a cafeteira e se lavava no banheiro. O JORNAL estava sobre a mesa da sala de visitas, além de dois telegramas, um de Lüding, outro de Sträubleder. De Lüding: "Muito decepcionado, falta de contato. Lüding". De Sträubleder: "Não entendo por que me deixou na mão. Espero telefonema logo. Alois".

Acabava de dar 8h15, quase a hora em que Katharina lhes serviria o café da manhã: a mesa sempre tão bem arrumada, com flores, toalhas e guardanapos limpos, todo tipo de pão e mel, ovos e café, e, para Trude, torradas e geleia de laranja.

Mesmo Trude estava quase sentimental ao trazer a cafeteira, pão crocante, mel e manteiga. "Nunca mais vai ser o mesmo, nunca mais. Acabaram com a garota. Se não a polícia, o JORNAL, e, quando o JORNAL acabar com ela, daí virão as pessoas. Venha, leia isso aqui primeiro, depois você telefona para as visitas masculinas." Leu:

Sempre tentando manter nossos leitores informados da forma mais completa, o JORNAL conseguiu recolher outras informações que elucidam o caráter de Blum e seu passado obscuro. Os repórteres do JORNAL localizaram a mãe doente de Blum. A primeira atitude dela foi reclamar que a filha não lhe faz uma visita há muito tempo. Confrontada com os fatos incontestáveis, disse: "Assim começou, assim termina". O ex-marido, o digno operário têxtil Wilhelm Brettloh, de quem Blum é divorciada como a parte culpada devido ao abandono cruel, prontamente concedeu informações ao JORNAL: "Agora", ele disse, segurando as lágrimas, "finalmente entendi por que ela me deixou. Por que me deixou aqui, plantado. Era isso, então. Agora está claro. Nossa felicidade singela não bastava. Ela queria muito mais, e como um operário honesto e humilde poderia chegar de Porsche? Talvez (acrescentou com sensatez) os leitores do JORNAL possam passar meu conselho para a frente: ideias equivocadas do socialismo têm de acabar. Pergunto ao senhor e a seus leitores: como uma doméstica alcança toda essa riqueza? Com honestidade é que não é. Agora sei por que sempre temi sua radicalidade e hostilidade para com a igreja. Agradeço a decisão de nosso Senhor Deus de não nos ter concedido filhos. E que um assassino e ladrão amoroso seja melhor para ela do que minha afeição descomplicada, também essa é uma página virada.

Ainda assim, eu clamo: minha pequena Katharina, se tivesse permanecido comigo... Também teríamos um imóvel e um carro ao longo dos anos. Jamais conseguiria oferecer um Porsche a você, apenas uma felicidade singela, como todo operário honesto que não confia no sindicato pode oferecer. Ah, Katharina".

Blorna ainda encontrou na última página uma coluna grifada em vermelho, com o título: CASAL DE APOSENTADOS ESTÁ HORRORIZADO, MAS NÃO SURPRESO:

> O diretor de escola aposentado dr. Berthold Hiepertz e a sra. Erna Hiepertz mostraram-se horrorizados com as atividades de Blum, mas não "tão surpresos". Em Lemgo, onde uma colaboradora do JORNAL os visitou na casa da filha casada, que dirige um sanatório na cidade, o historiador e filólogo clássico Hiepertz, para quem Blum trabalha há três anos, declarou: "Uma pessoa radical em todos os sentidos, que nos iludiu com maestria".

(Hiepertz, com quem Blorna conversou depois por telefone, jurou ter dito o seguinte: "Se Katharina é radical, ela o é na disposição por ajudar, em ser metódica e inteligente — eu teria de estar muito, muito enganado a respeito dela, e olha que tenho quarenta anos de experiência como pedagogo, dificilmente eu me engano".)

Continuação da primeira página:

> O ex-marido arrasado de Blum, que o JORNAL visitou durante o ensaio da bateria e apitos da fanfarra de Gemmelsbroich, virou-se para esconder as lágrimas. Também os membros da associação que estavam por ali viraram as costas para Katharina, tamanho o horror, como

expressou o agricultor aposentado Meffels; ela, que seria tão estranha e puritana. A alegria inocente do carnaval deve estar paralisada para o operário honesto.

Por fim, uma foto de Blorna e Trude, no jardim, à beira da piscina. Título: QUAL O PAPEL DA MULHER OUTRORA CONHECIDA COMO "TRUDE VERMELHA" E SEU MARIDO, QUE COSTUMA SE DESCREVER COMO "DE ESQUERDA". O BEM-SUCEDIDO ADVOGADO INDUSTRIAL DR. BLORNA COM A ESPOSA TRUDE, EM FRENTE À PISCINA DE SUA LUXUOSA MANSÃO.

24

Aqui se faz necessário retroceder no tempo, algo que se costuma chamar em cinema e literatura de flashback: passaremos do sábado de manhã, dia em que o casal Blorna voltou das férias, desgastados e em relativo desespero, para a manhã de sexta-feira, em que Katharina novamente foi levada para o interrogatório na delegacia, dessa vez pela sra. Pletzer e um policial mais velho, armado de maneira discreta, e não saindo de sua casa, mas da residência da sra. Woltersheim, para onde Katharina fora de carro, de madrugada, por volta das 5 horas da manhã. A policial não fez nenhum segredo do fato de ela saber que não encontraria Katharina em casa, mas na residência de Woltersheim. (Sejamos justos e tenhamos consciência do sacrifício e da fadiga do casal Blorna: interrupção das férias, ida de táxi até o aeroporto em I., espera em meio à neblina, táxi para a estação, trem para Frankfurt, ainda baldeação em Munique. No vagão-leito, sacudidas lastimáveis, e bem cedo pela manhã, chegando em casa, confrontação com o JORNAL! Mais tarde – tarde demais, claro — Blorna se arrependeu de não ter ligado para Hach em vez de Katharina; foi pelo rapaz do JORNAL que ficou sabendo que ela estava sendo interrogada.)

O que mais chamou a atenção de todos que participaram do segundo interrogatório de Katharina — Moeding, Pletzer, os promotores Korten e Hach, a escrivã Anna Lockster, que achava penosa a sensibilidade linguística de Blum e a caracterizou como "boba" — foi o humor radiante de Beizmenne. Ele entrou na sala do interrogatório esfregando as mãos, foi até cortês com Katharina, desculpou-se por "certas grosserias", que correspondem não à sua repartição, mas à sua pessoa, era simplesmente um rapaz rude, e depois tomou nas mãos a lista de objetos confiscados, que nesse ínterim havia sido compilada. Tratava-se do seguinte:

1. Um pequeno caderno de anotações, verde e gasto, cujo conteúdo eram só números de telefone, que já haviam sido verificados e não tinham nada de incriminador. Parecia que Katharina fazia uso desse caderno havia quase dez anos. Um perito grafotécnico, que havia procurado vestígios da escrita de Götten (ele foi, entre outros, desertor do exército e trabalhou em um escritório, ou seja, deixou muitos vestígios de sua caligrafia), caracterizou a letra dela como exemplar em termos didáticos. A menina de 16 anos que anotara o telefone do açougue Gerbers; a de 17 que anotara o do médico dr. Kluthen; a de 20, do dr. Fehnern — e, mais tarde, números e endereços de empresas de *catering*, proprietários de restaurantes, colegas de profissão.

2. Extratos do banco Sparkasse, nos quais todas as transferências e os débitos eram identificados com exatidão, por Blum, em anotações à margem escritas à mão. Depósitos, saques — tudo correto, sem deixar suspeita sobre nenhuma das quantias movimentadas. O mesmo

valia para o livro de contabilidade e para anotações e informações que constavam em uma pequena pasta, onde registrava o saldo de seus compromissos com a empresa Haftex, pela qual adquiriu seu apartamento no Moradas Elegantes às Margens do Rio. Também as suas declarações de imposto, os impostos a dever e os pagamentos de impostos foram examinados um por um e conferidos por um especialista, que não conseguiu encontrar em lugar algum nenhum tipo de "grande soma escondida". Beizmenne fez questão de conferir suas transações financeiras sobretudo no período dos últimos dois anos, que ele jocosamente caracterizou como o das "visitas masculinas". Nada. De todo modo, verificou-se que Katharina transferia todo mês 150 marcos para sua mãe; que mandava cuidar do túmulo de seu pai, em Gemmelsbroich, por meio de uma subscrição da empresa Kolter, em Kuir. A aquisição de móveis, eletrodomésticos, roupas, roupas íntimas, notas de combustível, tudo verificado, nenhuma lacuna descoberta. Quando entregou as atas para Beizmenne, o contador disse: "Rapaz, se ela for solta e estiver procurando um emprego – manda pra mim. A gente sempre está procurando alguém assim e nunca encontra". Da mesma forma, as contas telefônicas de Blum não resultaram em suspeitas. Ela mal havia feito ligações de longa distância.

Detectou-se, também, que Katharina Blum às vezes transferia para seu irmão, Kurt, à época preso por roubo, pequenas quantias, entre 15 e 30 marcos, para reforçar sua mesada. Blum não pagava imposto de igreja. Como evidenciado pelas atas financeiras, ela havia se desligado da Igreja Católica já aos 19 anos, no ano de 1966.

3. Um outro caderno de notas com registros diversos, sobretudo no quesito contas, continha quatro rubricas: uma para o orçamento doméstico dos Blorna, com

débitos e créditos sobre compras de mantimentos e despesas com produtos de limpeza e lavanderia. Aí se constatou que era a própria Katharina quem passava as roupas.

A segunda para o orçamento doméstico dos Hiepertz, com informações e cálculos correspondentes.

Uma outra para o próprio orçamento doméstico, que ela conduzia com recursos bem parcos; havia meses nos quais ela mal gastava de 30 a 50 marcos em mantimentos. Entretanto, parecia que ia com frequência ao cinema — não tinha televisão — e volta e meia comprava chocolate, até pralinas.

A quarta rubrica continha rendimentos e despesas que tinham a ver com ocupações extras de Blum, concerniam a custos de aquisição e lavagem a seco de uniformes de trabalho, custos referentes ao Volkswagen. Aí, nas notas de combustível, Beizmenne adotou uma amabilidade que surpreendeu a todos. Perguntou a ela de onde vinham os custos relativamente altos de gasolina, que, a propósito, conferem com os números altos apontados pelo marcador de quilometragem. Foi detectado que a distância até os Blorna, ida e volta, era de 6 quilômetros; a distância até os Hiepertz, ida e volta, 8; até a sra. Woltersheim, mais ou menos 4; e se em média, contando com trabalhos extras toda semana, o que seria bastante, e, para tanto, também estimando alto, fossem rodados 20 quilômetros, o que, distribuídos durante a semana, dariam 3 quilômetros, a rodagem seria de 21 ou 22 quilômetros por dia. Seria preciso considerar que ela não visitava Woltersheim todos os dias, mas isso foi deixado de lado. Tudo isso daria algo em torno de 8 mil quilômetros por ano; ela, no entanto — Katharina Blum —, como consta no acordo por escrito com o cozinheiro Klormer, comprou o VW há dois anos, quando a quilometragem era de 56 mil quilômetros. Se somarmos isso a 6 multiplicado por 8 mil, a quilometragem atual teria de ser 104 ou 105 mil quilômetros, e na verdade, porém, era de quase 162 mil. Já se sabia que, embora ela tivesse visitado a mãe algumas vezes no sanatório em Gemmelsbroich, depois no sanatório em Kuir-Hochsackel, e, de vez em quando, seu irmão na cadeia, a distância até Gemmelsbroich ou Kuir-Hochsackel, ida e volta, ainda assim somava 50 quilômetros e, até o seu irmão, algo em torno de 60 quilômetros, e se considerarmos uma ou outra visita ao mês, no máximo duas — e o irmão dela só estava havia um ano e meio preso, antes morava com sua mãe, em Gemmelsbroich —, então só se chegaria — sempre contando seis anos — a outros 7 ou 8 mil quilômetros, e restariam ainda de 45 a 50 mil quilômetros sem explicação ou a descoberto. Para onde ela ia com tamanha assiduidade? Ele realmente não queria vir de novo com alusões grosseiras, mas ela tinha de entender sua pergunta — se ela talvez não teria se encontrado com alguém ou com várias pessoas em algum lugar — e onde?

Fascinados, mas também estarrecidos, não apenas Katharina Blum, mas todos os outros presentes ouviram aquele cálculo trazido pela voz suave de Beizmenne. Aparentemente, Blum, enquanto Beizmenne lhe apresentava todos aqueles cálculos, não sentia raiva, mas uma tensão, misturada de espanto e admiração, porque durante a fala dele ela não procurou oferecer uma explicação para aqueles 25 mil quilômetros a mais, mas sim tentar entender ela mesma onde e quando tinha ido, por que e para onde. Quando se sentou para o interrogatório, ela estava, para grande surpresa de todos, menos seca, quase "branda", dava até a impressão de estar apreensiva. Havia aceitado chá e nem fizera questão de pagá-lo. E agora, terminadas as perguntas e cálculos de Beizmenne, fez-se um silêncio mortal — segundo declarações de muitos dos presentes, de *quase* todos –, era como se, naquele momento, por causa de uma constatação que bem poderia ter passado despercebida – não fossem as notas de combustível –, de fato iriam desvendar um segredo íntimo de Blum, cuja vida, até então, tinha sido apresentada com tanta limpidez.

"Sim", disse Katharina Blum, e a partir daí seu depoimento passou a ser registrado, "é isso mesmo, por dia – refiz as contas de cabeça – são mais de 30 quilômetros por dia. Nunca parei para refletir sobre isso, nem sobre os custos. É que às vezes simplesmente saía por aí, sem pensar, quer dizer, sem destino – de alguma forma um destino acabava aparecendo, ou seja, eu ia para uma direção que ganhava, de repente, um destino: para o sul, em direção a Koblenz, ou para oeste, em direção a Aachen ou para baixo, para o Baixo Reno. Não todo dia. Não sei dizer com que frequência e com que intervalos. Na maioria das vezes, quando chovia ou quando era fim de expediente e eu estava sozinha. Não, corrigindo: sempre que chovia, eu saía por aí de carro. Não sei dizer exatamente o porquê. Os senhores têm de entender que eu, às vezes, quando não tinha trabalho nos Hiepertz ou nenhum outro trabalho extra, já estava em casa às cinco da tarde e não tinha nada para fazer. Não queria ficar indo sempre apenas à casa de Else, especialmente depois que ela passou a se relacionar com o Konrad desse jeito, e ir sozinha ao cinema não é algo totalmente sem riscos para uma mulher solteira. Às vezes me sentava em uma igreja, não por motivos religiosos, mas porque aí é possível encontrar sossego, mas também nas igrejas as pessoas andam falando mal dos outros, e não só os laicos. Claro que tenho alguns amigos: Werner Klomer, por exemplo, de quem comprei o Volkswagen, e sua esposa, também outros funcionários da Kloft, só que é meio difícil e constrangedor, na maioria das vezes, chegar sozinha e aceitar ou procurar necessariamente algum contato. Então eu simplesmente entro no meu carro, ligo o rádio e saio, sozinha pelas estradas, sempre na chuva e, de preferência, nas estradas com árvores — às vezes passava pela Holanda ou Bélgica, tomava café ou cerveja e voltava. Sim. Agora, o senhor me perguntando, ficou claro. Se o senhor me pergunta a frequência, eu diria que duas, três vezes no mês — por vezes mais raramente, outras com mais frequência e, na maioria, por horas a fio, até voltar para casa, às nove ou dez, até mesmo por volta das onze, morta de cansaço. Era também por medo: conheço muitas mulheres solteiras que se embebedam, sozinhas, na frente da televisão."

O sorriso manso com o qual Beizmenne tomou nota dessa explicação, e sem comentários, não permitiu demonstrar nenhuma conclusão de seus pensamentos. Só acenava com a cabeça, e, se voltava a esfregar as mãos, era porque a informação de Katharina havia confirmado suas teorias. Por um momento tudo ficou em silêncio, como se os presentes estivessem surpresos ou tocados de maneira constrangedora: parecia que, pela primeira vez, Blum revelava algo de sua esfera íntima. Daí em diante, os esclarecimentos sobre os demais objetos confiscados se deram rapidamente.

4. Um álbum de fotografias contendo somente fotos de pessoas de fácil identificação. O pai de Katharina Blum, que parecia adoentado e rancoroso e com aparência de bem mais velho. A mãe dela, com evidente feição de quem estava com câncer e no leito de morte. O irmão. Ela mesma, Katharina, com 4, 6 anos, na primeira comunhão com 10, como recém-casada com 20; seu marido, o padre de Gemmelsbroich, vizinhos, parentes, várias fotos de Else Woltersheim, depois um senhor mais velho — a princípio não identificado —, espirituoso e que

depois descobriu-se ser o dr. Fehnern, o auditor fiscal mais tarde incriminado. Nenhuma foto de alguém que pudesse se relacionar às teorias de Beizmenne.

5. Um passaporte com o nome de Katharina Brettloh, nascida Blum. Nesse contexto, perguntaram sobre viagens e se evidenciou que Katharina nunca tinha "viajado de fato" e, à exceção de alguns dias em que ficou doente, só trabalhava. Embora tivesse recebido de Fehnern e dos Blorna o pagamento das férias, continuava trabalhando ou assumindo vagas de auxiliar.

6. Uma caixa antiga de pralinas. Conteúdo: algumas cartas, menos de uma dúzia delas, de sua mãe, de seu irmão, de seu marido e da sra. Woltersheim. Nenhuma carta continha qualquer indício da suspeita que recaía sobre ela. Além disso, a caixa de pralinas continha ainda algumas fotos esparsas de seu pai como soldado do exército alemão, de seu marido com uniforme da fanfarra, algumas folhas tiradas de calendários contendo provérbios, uma coletânea relativamente extensa de receitas manuscritas e uma brochura, "Sobre o uso do *sherry* em molhos".

7. Uma pasta com históricos, diplomas, certidões, toda a documentação do divórcio e documentos registrados concernentes a seu apartamento.

8. Três molhos de chave que, nesse ínterim, haviam sido checados. Tratava-se de um molho de chaves de seu apartamento e dos armários, da casa dos Blorna e do apartamento dos Hiepertz. Foi declarado e protocolado que nenhum dos objetos citados acima tinha qualquer indício de suspeita. A explicação de Katharina Blum sobre o consumo de gasolina e a quilometragem do carro foi aceita sem nenhum comentário.

Foi nesse momento que Beizmenne tirou do bolso um anel de rubi com brilhantes, que ele havia guardado solto, pois o poliu na manga do casaco antes de mostrá-lo a Katharina.

"A senhora conhece esse anel?"

"Sim", disse sem titubear ou se constranger.

"Pertence à senhora?"

"Sim."

"A senhora sabe o quanto ele vale?"

"Não exatamente. Não deve ser muito."

"Bem", disse Beizmenne em tom afável, "nós fizemos uma consulta e não só com o especialista daqui, da casa, mas também com um joalheiro da cidade, por precaução e para não sermos injustos com a senhora. Esse anel vale entre 8 e 10 mil marcos. A senhora não sabia disso? Eu até acredito na senhora, ainda assim preciso que me explique como a senhora o obteve. Se levarmos em conta uma investigação que trata de um criminoso culpado de roubo, com grande suspeita de ser também um assassino, um anel como este não é qualquer coisa, e também não pertence apenas à esfera privada, íntima, como o fato de a senhora rodar centenas de quilômetros, horas a fio, em uma estrada, na chuva. Quem deu o anel? Götten ou algum dos senhores que a visitavam? Ou talvez seria Götten essa visita masculina, e, se não, para onde a senhora – como visita feminina, se me permite fazer essa denominação jocosa – viajou tanto, na chuva, milhares de quilômetros? Para nós não seria nada de mais descobrir de qual joalheiro veio o anel, se foi comprado ou roubado, mas quero lhe dar uma chance – não a considero criminosa, de fato, mas ingênua e um pouco romântica demais. Como a senhora me explica – nos explica – que a senhora, conhecida por ser recatada, quase puritana; tendo recebido de amigos e conhecidos o apelido de 'freira'; que evita discotecas porque considera um ambiente muito pesado; que se separou do marido porque ele se tornou muito 'indecoroso'; como, então, a senhora nos explica ter — como se supõe — conhecido esse Götten só anteontem e já no mesmo dia — é possível dizer, sem pestanejar — o levou para casa e lá, de forma bem rápida, digamos, tornou-se íntima dele? Como a senhora chama isso? Amor à primeira vista? Paixão? Ser amoroso? A senhora não consegue perceber algumas inconsistências que não eliminam totalmente a suspeita? E tem mais ainda." Então ele mexeu no bolso do casaco e tirou um envelope branco e grande, de onde extraiu outro, de formato normal e cor violeta, um tanto extravagante, forrado de papel creme. "Este envelope vazio que encontramos junto com o anel na gaveta de seu criado-mudo tem o carimbo do correio ferroviário de Düsseldorf, com data de 12 de fevereiro de 1974, às 18h — está endereçado à senhora. Meu Deus", disse Beizmenne, concluindo, "se a senhora tinha um namorado que volta e meia a visitava, ou que a senhora às vezes visitava de carro, que lhe escrevia cartas ou lhe dava presentes — simplesmente nos diga de uma vez, isso não é nenhum crime. A senhora só seria incriminada se houvesse, aí, alguma relação com Götten."

Ficou claro para os presentes que Katharina reconheceu o anel, porém não sabia de seu valor; e que de novo emergia o tema delicado das visitas masculinas. A única coisa que a envergonhava era ver sua reputação comprometida, ou será que havia outra pessoa comprometida e que ela não queria envolver em tudo aquilo? Dessa vez enrubesceu só um pouco. Será que ela não queria declarar ter ganho o anel de Götten porque sabia que seria pouco plausível que tivesse julgado Götten um senhor de classe a ponto de ter um anel daqueles? Continuou tranquila, quase "dócil", quando depôs: "É verdade que, durante o baile na casa da sra. Woltersheim, eu dancei somente com

Ludwig Götten e com certa intimidade, mas foi a primeira vez que o vi na vida e o sobrenome só fiquei sabendo no interrogatório policial, na quinta-feira de manhã. Saí da casa da sra. Woltersheim por volta das dez e fui de carro para o meu apartamento, com Ludwig Götten.

"Sobre a origem da joia, não posso, quer dizer, corrigindo: não quero dar informação alguma. Já que não a adquiri de forma ilegal, não me sinto no dever de explicar sua origem. O remetente do envelope que me foi apresentado eu desconheço. Devem ser essas postagens comerciais de sempre. Com o tempo, tornei-me um tanto conhecida nos meios gastronômicos. Não tenho nenhuma explicação para o fato de uma propaganda sem remetente ter sido enviada em um envelope tão luxuoso. Só quero assinalar que certas empresas gastronômicas gostam de ostentar refinamento."

Quando lhe perguntaram por que justo naquele dia, tendo admitido e sendo óbvio gostar de dirigir, ela foi até a casa da sra. Woltersheim de bonde, Katharina Blum respondeu que não sabia se iria consumir muito álcool e pareceu-lhe mais seguro não ir de carro. Perguntaram-lhe, então, se bebia muito ou se ocasionalmente ficava embriagada, ao que ela negou, bebia pouco e tinha ficado bêbada apenas uma vez — e na presença e por indução de seu marido em uma festa da fanfarra —, *fizeram-na* ficar bêbada, e com uma bebida feita de anis, que tinha gosto de limonada. Depois lhe disseram que aquilo era meio caro e uma forma usual de fazer as pessoas ficarem bêbadas. Ao ser questionada pelo fato de essa explicação — a de considerar que poderia beber álcool demais — não ser factível, já que ela não era de beber, e se não soava evidente que ela, talvez, já tivesse combinado com Götten, ou seja, já sabia que não usaria o carro, mas que iria no carro dele, ela balançou a cabeça e respondeu que tinha sido exatamente como ela havia declarado. Até sentiu muita vontade de beber mais, no entanto, acabou não fazendo isso.

Havia ainda um ponto a ser esclarecido antes da pausa para o almoço: por que ela não tinha nem uma conta poupança nem usava cheques. Não teria conta em algum outro lugar? Não, não tinha outra além da conta no banco Sparkasse. Toda e qualquer quantia que lhe caía em mãos era usada de imediato para pagar o empréstimo, que tinha juros altos; às vezes os juros eram quase o dobro dos juros da poupança, e em conta-corrente eles quase não existem. Além disso, o uso de cheques sairia muito caro e seria inconveniente. Gastos correntes, domésticos e com o carro, ela pagava sempre em dinheiro.

25

Certos represamentos, também chamados de tensões, são mesmo inevitáveis, porque nem todas as fontes podem ser desviadas ou reconduzidas de uma vez e numa tacada só, de modo que o terreno drenado fique visível de imediato. Apenas as tensões desnecessárias devem ser evitadas, e nesse momento é preciso esclarecer por que, naquela manhã de sexta-feira, tanto Beizmenne como Katharina estavam tão suaves, quase brandos, e até mansos, Katharina chegava a estar tímida e amedrontada. Embora o exemplar do JORNAL, que uma vizinha gentil havia enfiado debaixo da porta da sra. Woltersheim, tivesse causado ódio, raiva, indignação, vergonha e medo nela e em sua afilhada, o telefonema imediato de Blorna trouxe alento. E como, pouco depois de ambas as mulheres, assombradas, terem passado os olhos no JORNAL e Katharina ter ligado para Blorna, a policial Pletzer já apareceu, admitindo abertamente que o apartamento de Katharina estava sendo, é claro, vigiado e por isso ela soube que Katharina se encontrava ali, e, agora, ela tivesse de infelizmente – e também infelizmente para a sra. Woltersheim – seguir para o interrogatório, aí o horror causado pelo JORNAL, por causa do jeito franco e simpático da policial Pletzer, antes de tudo foi suplantado e trouxe à tona para Katharina uma experiência noturna, que ela havia sentido como abençoada: Ludwig havia lhe telefonado e justamente de *lá*! Ele tinha sido tão amável e por isso ela não lhe contou nada dos aborrecimentos pelos quais estava passando, para que ele não tivesse a sensação de ser a causa daquela aflição toda. Também não falaram sobre amor, isso ela tinha proibido terminantemente – já quando estavam no carro, a caminho de casa. Não, não, estava tudo bem com ela, claro que preferia estar com ele e para sempre ou ao menos estar junto com ele por um tempo longo, de preferência para a eternidade, e ela iria se recuperar do carnaval e nunca, nunca mais dançar com outro homem além dele, e nunca mais dançaria outro ritmo que não fosse sul-americano, apenas com ele. E como ele estava? Estava bem acomodado e suprido, e, como ela lhe proibira de falar de amor, gostaria de dizer, mesmo assim, que queria muito, muito bem a ela e um dia – não saberia dizer quando, poderia levar meses, talvez um ou dois anos – iria buscá-la, só não sabia para onde a levaria. E assim por diante, como fazem pessoas que são amorosas umas com as outras, e desse modo conversam pelo telefone. Nenhuma menção a intimidades e nem mesmo uma palavra a respeito daquela ocorrência definida por Beizmenne (ou, como é cada vez mais provável, por Hach) de modo tão grosseiro. E assim por diante. Essas coisas que os apaixonados têm a dizer um para o outro. Um tanto longo demais. Dez minutos. Talvez até mais, disse Katharina para Else. Talvez – no que se refere ao vocabulário concreto daquele par amoroso – seja possível indicar certos filmes modernos, em que o telefone – em geral quando a distância é grande – é usado para conversas muito longas e *aparentemente* triviais.

Esse telefonema entre Katharina e Ludwig também era o motivo de Beizmenne estar mais relaxado, ter se tornado amável e suave. Embora ele soubesse o motivo pelo qual Katharina havia deixado de lado toda secura e obstinação, ela, é claro, não poderia suspeitar que ele estava tão feliz pelo mesmo fato, mas talvez por outro motivo. (Esse incidente estranho e memorável serve-nos de motivação para telefonarmos com mais frequência, em todo caso sem sussurros amorosos, pois nunca se sabe *a quem* se agrada de fato com uma conversa telefônica como essa.) No entanto, Beizmenne conhecia a causa da apreensão de Katharina, pois ele estava sabendo ainda de um outro telefonema anônimo.

Pede-se que o leitor não vá atrás das fontes das informações confidenciais contidas neste capítulo. Trata-se tão somente da escavação de uma poça secundária, cuja frágil barreira, erguida de forma diletante, foi drenada para escoar ou fluir, antes de se romper inteiramente e, assim, toda tensão ser desperdiçada.

26

Para não haver nenhum mal-entendido, é preciso registrar que tanto Else Woltersheim como Blorna sabiam que foi digno de punição o fato de ela ter ajudado Götten a desaparecer de sua casa sem ser notado. Ao tornar sua fuga possível, ela se tornava cúmplice de certos delitos, ainda que, nesse caso, ela não soubesse dos delitos verdadeiros! Else Woltersheim disse-lhe isso sem rodeios, pouco antes de a policial Pletzer aparecer para levá-las para o interrogatório. Blorna aproveitou a primeira oportunidade para chamar a atenção de Katharina para seu ato condenável. Não havia como negar a ninguém o que Katharina dissera à sra. Woltersheim sobre Götten: "Meu Deus, ele é meu predestinado, casaria com ele e teria filhos — mesmo se eu tivesse de esperar anos a fio até ele sair da cadeia".

27

O interrogatório de Katharina Blum deu-se por encerrado. Ela só precisaria ficar à disposição caso tivesse de se confrontar com os depoimentos dos outros participantes da festa na casa da sra. Woltersheim. Restava esclarecer uma questão que era importante o suficiente para a teoria da conspiração e do encontro às escondidas formulada por Beizmenne: como Ludwig Götten chegou ao baile na casa da sra. Woltersheim?

Ficou a critério de Katharina Blum ir para casa ou esperar em algum lugar que lhe aprouvesse. Recusou-se a ir para casa, não suportava mais seu apartamento, preferia esperar em uma cela até que terminassem o interrogatório com a sra. Woltersheim, e depois sairiam juntas. Foi só então que retirou as duas edições do JORNAL de sua bolsa e perguntou se o Estado — ela usou exatamente essa expressão — não poderia fazer nada para protegê-la daquela imundície e resgatar a sua honra perdida. Nesse meio-tempo, havia compreendido que o interrogatório era justificável, ainda que não lhe fosse óbvio esse "ir até os mínimos detalhes íntimos". O que não entendia de maneira nenhuma era como aqueles detalhes do interrogatório — como as visitas masculinas — teriam chegado até o JORNAL, sem contar as declarações mentirosas e fraudulentas contidas ali. Nisso interveio o promotor Hach, que disse ter havido um boletim de imprensa devido ao grande interesse público no caso Götten. Ainda não havia sido realizada uma coletiva de imprensa, mas por conta do temor e da comoção gerados pela fuga de Götten — possibilitada por ela, Katharina —, aquilo não pôde ser evitado. Ademais, por ser conhecida de Götten, ela havia se tornado uma "figura pública" e, portanto, objeto de interesse geral. Ela poderia entrar com uma ação individual por conta dos detalhes ofensivos e até maledicentes da reportagem e, caso se constatassem "passagens vazadas" pela polícia, a própria repartição — sem dúvida alguma — abriria "queixa contra pessoa desconhecida" e lhe daria auxílio com seus direitos. Em seguida, Katharina foi levada até uma cela. Abriram mão da vigia rigorosa, só deixaram com ela uma assistente policial novata, Renate Zündach, que permaneceu ao lado dela desarmada. Mais tarde, a novata relatou que Katharina Blum passou o tempo todo — cerca de duas horas e meia — simplesmente lendo e relendo as edições do JORNAL. Recusou chá, pão, tudo, e não de forma agressiva, mas "de uma maneira quase gentil e apática". Todas as tentativas de Renate Zündach de começar uma conversa sobre moda, filme, dança, a fim de distraí-la, foram recusadas por Katharina.

Então, para ajudar Blum, que devorava, absorta, as páginas do JORNAL, Zündach passou a guarda para o colega Hüften e trouxe-lhe do arquivo notícias de outros jornais, com relatos mais objetivos sobre o envolvimento e o interrogatório de Blum, sobre o possível papel dela naquilo tudo. Eram relatos curtos, na terceira ou quarta página, nos quais o nome dela nem estava completo e falavam apenas sobre uma certa Katharina B., doméstica. Por exemplo, no *Umschau*, constava apenas uma informação de dez linhas, e sem foto, na qual se falava de envolvimentos desafortunados de uma pessoa ilibada. Todos os quinze recortes de jornal colocados diante de Blum não lhe serviram de consolo. Perguntou, apenas: "Quem lê isso? Todas as pessoas que conheço só leem o JORNAL!".

28

Para esclarecer como Götten poderia ter chegado até o baile na casa da sra. Woltersheim, ela mesma foi a primeira interrogada, e ficou claro, desde o primeiro momento, que a sra. Woltersheim se postaria diante de toda a comissão do interrogatório, se não totalmente hostil, ao menos com mais hostilidade que Blum. Informou ter nascido em 1930 — estava, então, com 44 anos; ser solteira; ser governanta de profissão, sem certificado. Antes de se pronunciar sobre o que estava em questão, e com a "voz impassível, quase seca, o que conferiu mais força à sua indignação do que se tivesse xingado ou gritado", manifestou-se sobre como Katharina Blum estava sendo tratada pelo JORNAL e sobre como era evidente que detalhes do interrogatório estavam sendo repassados àquele tipo de imprensa. Para ela, era bastante clara a necessidade de Katharina Blum ser investigada, mas ficava se perguntando de quem seria a responsabilidade pela "destruição da vida de uma jovem", como estava acontecendo. Conhecia Katharina desde que nascera e começava a observar a destruição e perturbação que, desde ontem, se notava nela. Não era nenhuma psicóloga, mas o fato de Katharina não ter mais interesse em sua casa, com a qual tinha uma forte ligação e para a qual havia trabalhado durante muito tempo, era algo a se considerar alarmante.

Não foi fácil interromper o sermão acusatório de Woltersheim, e nem mesmo Beizmenne conseguiu se impor. Mas, quando isso aconteceu, ele a acusou de ter recebido Götten, e ela disse que nem sequer ficara sabendo o nome dele, ele nem se apresentou nem foi apresentado a ela. Só sabia que, na quarta-feira em questão, ele tinha chegado às 19h30, na companhia de Hertha Scheumel, junto com a amiga dela, Claudia Sterm, que, por sua vez, estava acompanhada de um homem fantasiado de xeique, de quem ela só sabia o nome, Karl, e que, mais tarde, se comportara de modo muito estranho. Não fazia o menor sentido falar em conhecimento prévio entre Katharina e esse tal de Götten, ela nunca tinha ouvido o nome dele antes, e olha que sabia dos mínimos detalhes da vida de Katharina. Ao lhe informarem da declaração de Katharina sobre as "estranhas viagens de carro", teve, no entanto, de confessar seu completo desconhecimento disso, o que fez com que seu depoimento sobre conhecer todos os detalhes da vida de Katharina sofresse um tremendo abalo. Falaram, então, das visitas masculinas, ela ficou constrangida e disse que se recusava a declarar qualquer coisa, pois Katharina não tinha comentado nada sobre isso. A única coisa que podia dizer: era uma "questão de relativo mau gosto" e "quando digo mau gosto, não estou pensando em Katharina, mas no visitante". Se Katharina lhe autorizasse, ela contaria tudo que sabia sobre aquilo. Considerava nula qualquer possibilidade de as viagens de Katharina terem-na levado até aquele senhor. Sim, esse homem existia, e se hesitava em contar algo mais sobre ele, é porque não queria expô-lo ao total ridículo. Em todo caso, Katharina estava acima de qualquer suspeita em ambas as ocorrências — na de Götten e na da visita de outro homem. Katharina sempre foi uma moça esforçada, organizada, um pouco tímida, ou melhor, intimidada. Quando criança, até mesmo piedosa e beata. Depois, sua mãe, que tinha trabalhado na limpeza também da igreja, em Gemmelsbroich, foi várias vezes acusada de negligência e uma vez até mesmo pega em flagrante na sacristia tomando uma garrafa de vinho litúrgico com o sacristão. Fizeram disso uma "orgia" e um escândalo, e Katharina passou a sofrer na escola nas mãos do padre. De fato, a sra. Blum, mãe de Katharina, era bastante instável, eventualmente alcoólatra, mas imaginem um homem eternamente resmungão, inválido — o pai de Katharina —, que chegou da guerra em frangalhos, a mãe frustrada e o irmão — pode-se dizer — um fracassado. Do casamento completamente malfadado vocês já sabem. Ela foi avisada desde o começo que Brettloh — nesse momento ela pediu desculpas pela expressão — era o típico puxa-saco, que se comportava como um bajulador tanto diante de autoridades eclesiásticas como mundanas; além disso, era um dedo-duro repugnante. Via no casamento apressado de Katharina uma fuga da condição terrível da casa de seus pais, e, como se vê, tão logo Katharina se livrou dessa condição terrível e do casamento imprudente, ela se desenvolveu de maneira exemplar. A qualificação profissional dela estava acima de qualquer suspeita, e sobre isso ela — a sra. Woltersheim — não só poderia atestar verbalmente diante deles como, se fosse necessário, confirmar e certificar por escrito, pois ela esteve no comitê de avaliação do Conselho dos Ofícios. Com as novas formas de hospitalidade privada e pública, que tendem cada vez mais àquela que se começa a denominar de "organização de bufês", as chances aumentam para uma mulher como Katharina Blum, que tem a melhor formação e instrução em termos organizacionais, financeiros e também no que se refere ao lado estético. Agora, se não for possível reparar os danos causados pelo JORNAL, o interesse dela pela profissão irá esvanecer, do mesmo modo que aconteceu com o apartamento. A essa altura do depoimento, a sra. Woltersheim da mesma forma foi esclarecida de que não era problema da polícia ou da promotoria "processar criminalmente certas formas de jornalismo, com certeza condenáveis". Seria leviano desrespeitar a liberdade de imprensa e que ela estivesse certa de que uma ação penal privada seria tratada de modo imparcial e de que seria aberta uma queixa contra desconhecidos em vista de possíveis fontes ilegítimas de informação. Aí, foi o jovem promotor, dr. Korten, quem fez um apelo quase apaixonado pela liberdade de imprensa e pelo sigilo de informações, além de enfatizar, categórico, que quem não se metia com más companhias, ou quem não fosse pego com elas, não daria nenhuma chance para a imprensa de formular ideias grosseiras.

O conjunto do caso – como a aparição de Götten e de um Karl, abominável e fantasiado de xeique – permite certas conclusões sobre um estranho descuido no que se refere ao traquejo social. Para ele, isso não estava esclarecido o suficiente e contava receber explicações plausíveis durante o interrogatório de ambas as jovens em questão. Ela, a sra. Woltersheim, não conseguiria escapar da acusação de não ser muito seletiva na escolha de seus convidados. A sra. Woltersheim não gostou de receber sermão de um senhor tão jovem e expôs o fato de que havia convidado as moças para virem com seus namorados, e que ela jamais pediria a carteira de identidade e a ficha criminal dos convidados de seus amigos.

Foi repreendida e lhe chamaram a atenção para o fato de que, ali, não era a idade, mas a posição do promotor, dr. Korten, o que tinha importância. De todo modo, a investigação se referia a um caso sério, difícil, talvez até o mais difícil caso de crime violento, no qual Götten estava comprovadamente envolvido. Ela que deixasse para o representante do Estado decidir quais detalhes e quais sermões seriam os apropriados. Perguntaram-lhe mais uma vez se Götten e a visita masculina poderiam ser a mesma pessoa, ao que Woltersheim respondeu não, essa possibilidade com certeza estava excluída. Quando, porém, perguntaram se ela conhecia pessoalmente a "visita masculina", se já o tinha visto, topado com ele, teve de negar, e como ela não sabia de um detalhe íntimo tão importante quanto as viagens estranhas de carro, caracterizaram o interrogatório como insatisfatório. Foi liberada por um tempo com certo "tom de discórdia". Antes de deixar o recinto, bastante aborrecida, ainda declarou que aquele Karl, fantasiado de xeique, apareceu de forma no mínimo quase tão suspeita quanto Götten. De qualquer modo, ficava o tempo todo falando sozinho no banheiro e desapareceu sem se despedir.

29

Comprovadamente, fora Hertha Scheumel, a vendedora de 17 anos, que levara Götten para a festa, e por isso ela era a próxima interrogada. Estava apavorada, disse nunca ter se metido com a polícia, no entanto, concedeu uma explicação até plausível sobre como conheceu Götten. Declarou: "Moro em uma quitinete com uma amiga, Claudia Sterm, que trabalha em uma fábrica de chocolates. Somos as duas de Kuir-Oftersbroich, e parentes distantes tanto da sra. Woltersheim como de Katharina Blum (embora Scheumel quisesse apresentar com exatidão o parentesco distante, referindo-se a avós que teriam sido primos ou primas de avós, prescindiu de um detalhamento tão grande de seu parentesco e decidiu ser o suficiente a expressão "distante"). Chamamos a sra. Woltersheim de tia e Katharina é como uma prima. Naquela noite da quarta-feira, dia 20 de fevereiro de 1974, estávamos, eu e a Claudia, num embaraço só. Havíamos prometido à tia Else levar nossos namorados à festinha, pois caso contrário iriam faltar parceiros de dança. Foi quando meu namorado, que está prestando serviço militar – para ser mais exata, no corpo de engenheiros do exército –, foi incumbido de novo, e de novo do nada, da patrulha do quartel, e mesmo eu tendo aconselhado que ele simplesmente se mandasse, não consegui convencê-lo, porque ele já tinha faltado várias vezes e temia grandes reprimendas disciplinares. E o namorado da Claudia já estava tão bêbado à tarde que tivemos de botá-lo na cama. Então decidimos ir para o Café Polkt e arranjar alguém legal, porque não queríamos passar vergonha na tia Else. Sempre tem alguma coisa no Café Polkt durante o carnaval. Todo mundo se encontra lá antes e depois dos bailes, antes e depois das reuniões, a gente pode ter certeza que sempre vai encontrar gente jovem por lá. O clima no Café Polkt já estava bem legal no fim da tarde da quarta-feira. Esse rapaz, que, agora, sei que se chama Ludwig Götten e que é um grande criminoso procurado, me chamou para dançar duas vezes. Na segunda vez, perguntei se ele não queria ir comigo a uma festa. Aceitou de imediato, todo animado. Disse que estava de passagem, não tinha nada marcado nem a mínima ideia de onde passar a noite, gostaria muito de ir. Nesse momento, quando estava combinando com Götten, por assim dizer, Claudia dançava perto de mim com um homem fantasiado de xeique. Acabaram ouvindo nossa conversa, pois o xeique, que mais tarde vim a saber que se chamava Karl, logo perguntou à Claudia, com um tipo de humildade jocosa, se não tinha um lugarzinho vago para ele naquela festa, também estava solitário e não sabia para onde ir. Tínhamos alcançado nosso objetivo e logo depois já fomos com o carro do Ludwig – quer dizer, sr. Götten – para a casa da tia Else. Era um Porsche, não muito confortável para quatro pessoas, mas a viagem não era muito longa. Se Katharina sabia que tínhamos ido para o Café Polkt para arranjar alguém, a resposta é sim. De manhã, liguei para Katharina, na casa dos Blorna, onde ela trabalha, e contei a ela que eu e a Claudia teríamos de ir sozinhas se não encontrássemos alguém. Disse-lhe também que iríamos ao Café Polkt. Ela foi totalmente contra e achava que estávamos sendo ingênuas e imprudentes demais. Katharina é bem estranha nesse quesito. Fiquei ainda mais surpresa quando ela monopolizou Götten quase de imediato e dançou com ele a noite toda, como se já se conhecessem há muito tempo".

30

O depoimento de Hertha Scheumel coincidiu quase que literalmente com o de sua amiga Claudia Sterm. Apenas em um único e exclusivo ponto surgiu uma contradição. Ela não dançou duas, mas três vezes com o xeique Karl, porque ele a convidou para dançar antes de Hertha dançar com Götten. E também Claudia Sterm mostrou-se surpresa diante da rapidez com que Katharina Blum, conhecida pela severidade, se aproximou de Götten, e, na verdade, ficou quase íntima dele.

31

Ainda tinham de ser interrogados outros três participantes do baile. O representante têxtil autônomo, Konrad Beiters, 56 anos, um amigo da sra. Woltersheim, e o casal Hedwig e Georg Plotten, 36 e 42 anos, ambos profissionais empregados da área administrativa. As três descrições da noite foram coincidentes, desde a chegada de Katharina Blum, passando pela de Hertha Scheumel em companhia de Ludwig Götten, até a de Claudia Sterm na de Karl, fantasiado de xeique. No mais, fora uma noite agradável, dançaram, jogaram conversa fora, e Karl se mostrou especialmente piadista. Incômodo mesmo – se é que se poderia chamar assim, pois não o foi para ambos, disse Georg Plotten – tinha sido a "monopolização absoluta de Katharina Blum por Ludwig Götten". Isso conferiu à noite certa seriedade, quase que cerimoniosa, o que não combina em nada com festas de carnaval. Hedwig Plotten declarou que também chamou sua atenção o fato de que, depois da saída de Katharina Blum e Ludwig, quando foi à cozinha buscar gelo, o xeique chamado Karl estava falando sozinho no banheiro. A propósito, esse Karl se ausentou pouco depois, sem se despedir propriamente.

32

Katharina Blum, mais uma vez interrogada, confirmou a conversa telefônica entre ela e Hertha Scheumel, mas contestou, do mesmo modo que antes, que tinha combinado um encontro com Götten. Não foi Beizmenne, mas o mais jovem dos promotores, o dr. Korten, quem tentou convencê-la a confessar que, depois de ter falado ao telefone com Hertha Scheumel, ela teria telefonado para Götten e, de uma maneira ardilosa, enviou-o até o Café Polkt e o induziu a interpelar Scheumel para que se encontrassem na sra. Woltersheim sem serem notados. Isso teria sido possível, pois Scheumel era uma loira chamativa e exuberante. Katharina Blum, nesse meio-tempo, quase que em total apatia, só balançava a cabeça enquanto ficava ali sentada, como sempre, segurando com força as edições do JORNAL. Foi liberada e deixou a delegacia com a sra. Woltersheim e seu amigo, Konrad Beiters.

33

Enquanto revisavam mais uma vez os autos assinados do interrogatório e conferiam possíveis lacunas no inquérito, o dr. Korten questionou se não seria o caso de trazer esse xeique chamado Karl para investigar seu papel bastante obscuro naquela situação. Incrível como não se havia tomado medida alguma para proceder a uma busca por "Karl". Afinal, esse Karl certamente aparecera no Café Polkt junto, se não em comum acordo, com Götten. Da mesma forma comparecera à festa e, para Korten, seu papel parecia muito obscuro, se não suspeito.

Foi então que todos os presentes soltaram uma gargalhada, e até mesmo a sempre reservada policial Pletzer permitiu-se um sorriso. A escrivã Anna Lockster riu tão desbragadamente que teve de ser reprimida por Beizmenne. Como Korten continuava sem entender, seu colega Hach lhe esclareceu. Não teria ficado claro para ele ou até chamado sua atenção que o delegado Beizmenne deixara passar o xeique de propósito ou nem sequer o mencionara? Era evidente que se tratava de "gente nossa" e a suposta conversa no banheiro era nada menos que uma notificação – conduzida sem habilidade, de fato – através de um rádio portátil, e vinda de um colega, para dar início à perseguição de Götten e Blum, cujo endereço, naquele meio-tempo, já era conhecido, evidentemente. "E sem dúvida também é evidente ao senhor, caro colega, que neste carnaval a fantasia de xeique foi a melhor camuflagem, pois este ano, por motivos óbvios, xeiques são preferidos aos caubóis." Beizmenne ainda acrescentou: "A princípio estava claro para nós que o carnaval iria facilitar o esconderijo para os bandidos e trazer dificuldades para nos mantermos no encalço de Götten, pois ele estava sendo seguido, a cada passo que dava, havia 36 horas. Götten, que por acaso não estava fantasiado, passou a noite em uma Kombi dentro de um estacionamento, de onde ele mais tarde roubou um Porsche. Depois tomou café da manhã num estabelecimento em cujo banheiro se barbeou e trocou de roupa. Não o perdemos um minuto de vista, algo como uma dúzia de policiais fantasiados de xeique, de caubói e de espanhol, todos munidos de rádios portáteis, fingindo-se de bêbados que voltavam de bailes, estavam no encalço dele para dar informações imediatas de tentativas de contato. As pessoas com quem Götten entrou em contato até ir ao Café Polkt foram todas rastreadas e seus dados, examinados:

> um barman, que lhe serviu cerveja;
> duas garotas com quem dançou em uma boate da cidade velha;
> um frentista nas proximidades do Holzmarkt, onde abasteceu o Porsche roubado;
> um homem na banca de jornal na rua Mathias;
> um vendedor em uma tabacaria;
> um bancário, com quem trocou 700 dólares americanos, provavelmente provenientes de um assalto a banco.

"Todas essas pessoas foram identificadas inequivocamente, e foi averiguado que se tratava de contatos casuais, não planejados, e nenhuma palavra trocada com cada uma dessas pessoas permitiu inferências sobre algum tipo de código entre elas. Ninguém consegue me convencer de que Blum era também um contato casual. O telefonema com Scheumel, a pontualidade com que apareceu na sra. Woltersheim, a maldita intimidade e amorosidade com que ambos dançaram desde o primeiro segundo – e a rapidez com que foram embora juntos –, tudo depõe contra o acaso. Sobretudo o fato de que supostamente ela o teria deixado ir sem se despedir e lhe mostrado, de maneira bastante óbvia, um caminho para sair do prédio que escapou de nossa vigilância rigorosa. Em momento algum perdemos o prédio de vista, ou seja, a unidade do conjunto onde ela mora. É claro que não pudemos vigiar 100% toda a área de quase 1,5 quilômetro quadrado. Ela devia conhecer uma saída de fuga e mostrou a ele, e, além do mais, estou certo de que foi ela quem conseguiu acomodação para ele – possivelmente até para outros – e sabe exatamente onde ele se encontra. As casas de seus empregadores já foram checadas; averiguamos a cidade dela; o apartamento da sra. Woltersheim foi mais uma vez revistado com minúcia enquanto estava sendo interrogada aqui. Nada. Parece-me que o melhor a fazer é deixá-la andar por aí, livremente, para que cometa algum erro, e é provável que, através dessa visita masculina obscura, as pistas nos levem até o esconderijo de Götten, e estou certo de que, através da sra. Blorna, que nesse ínterim também conhecemos como 'Trude vermelha' e que trabalhou na planta do conjunto habitacional, descobriremos sua rota de fuga de dentro do prédio."

34

Faz-se necessário reconhecer neste momento que o primeiro flashback já está quase no fim, que logramos sair da sexta e passar para o sábado. Tudo será feito para evitar outros acúmulos, represamentos desnecessários de tensão. É provável que não seja possível evitá-los totalmente.

Pode ser que seja elucidativo informar que, depois do interrogatório decisivo na tarde de sexta-feira, Katharina Blum pediu a Else Woltersheim e Konrad Beiters que a levassem primeiro até seu apartamento e – por gentileza – a acompanhassem até lá em cima. Alegou ter medo, porque algo terrível tinha acontecido com ela naquela noite de quinta-feira, pouco depois de ter falado ao telefone com Götten (qualquer observador imparcial teria reconhecido sua inocência no fato de que ela falou abertamente sobre seus contatos telefônicos com Götten, ainda que não no interrogatório!). Pouco depois de ter falado ao telefone com Götten, de ter colocado o telefone no gancho, ele voltou a tocar. Na "esperança frenética" de que seria de novo Götten, atendeu de imediato, mas não era ele no aparelho, e sim uma voz masculina "horrivelmente baixa" que lhe disse "coisas grosseiras quase aos sussurros", coisas ruins, e o pior era que o rapaz se identificou como morador do prédio e perguntou por que, se ela gostava de homens amorosos, ela procurava contatos em lugares tão longínquos, já que ele estaria disposto e em condições de lhe oferecer todo e qualquer tipo de amor. Sim, tinha sido esse telefonema o motivo de ela ter ido até a casa de Else no meio da noite. Tinha medo até mesmo do telefone, e como Götten tinha o seu número, mas não ela o dele, ela estava sempre esperando um telefonema, ao mesmo tempo que o temia.

Ora, não é preciso esconder que outros sobressaltos eram iminentes. Antes de mais nada: a caixa de correio de Blum, que até então quase não teve importância em sua vida, e que na maioria das vezes ela só olhava "porque tinha de olhar", e na qual nunca encontrava nada. Naquela manhã de sexta-feira, a caixa estava abarrotada, e de forma alguma para alegria de Katharina. Embora Else W. e Beiters tenham feito de tudo para recolher suas cartas e impressos, ela não se deixou abater, e olhou, na esperança de ter um sinal de vida de seu querido Ludwig, todas as correspondências — ao todo, mais ou menos vinte —, evidentemente sem ter encontrado nada dele, e abarrotou sua bolsa com aquela tralha. Já no elevador foi uma tortura, pois dois moradores estavam subindo naquele momento. Um homem fantasiado de xeique (isso tem de ser dito, ainda que soe inacreditável), que se espremia no canto com a clara intenção de se distanciar dela, por sorte desceu já no quarto andar, e uma mulher fantasiada de espanhola (soa um tanto maluco, mas é a verdade), com o rosto coberto por uma máscara, de maneira alguma se distanciou de Katharina e ficou bem ao lado dela, examinando-a, ferina e curiosa, com seus "olhos castanhos, severos e atrevidos". Ela passou do oitavo andar.

Atenção: o pior está por vir. Ela entrou no apartamento, agarrada a Beiters e à sra. Woltersheim, quando o telefone tocou. Então a sra. W. foi mais rápida que Katharina, correu para atender, e viu-se a expressão de horror em seu rosto, foi ficando pálida, murmurando "seu porco maldito, seu maldito porco covarde", e por precaução não o desligou, mas o deixou ao lado do gancho.

A sra. W. e Beiters tentaram em vão tirar a correspondência de Katharina, mas ela se agarrou às cartas e aos impressos, além das duas edições do JORNAL, que ela também havia retirado de sua bolsa, e se mostrou decidida a abrir suas correspondências. Não houve como impedi-la. Ela leu todas!

Nem todas as cartas eram anônimas. Uma carta assinada – a mais extensa – veio de uma empresa chamada *Catálogo Íntimo* e lhe oferecia todo tipo de artigos eróticos. Isso já teria sido demais para o estado de espírito de Katharina, mas o pior foi o que alguém acrescentou à mão: "*Isso*, sim, é ser amoroso". Para resumir, ou melhor, para fazer uma estatística, as outras dezoito cartas eram:

> sete postais anônimos, escritos à mão, com ofertas sexuais "toscas", todos usando de alguma maneira a expressão "puta comunista";
>
> quatro postais anônimos com xingamentos políticos sem ofertas sexuais. Iam desde "ratazana vermelha" até "tia Kremlin";
>
> cinco cartas com trechos do JORNAL, a maior parte, três ou quatro, com comentários à margem, em vermelho, apresentando o seguinte conteúdo, entre outros: "O que Stálin não conseguiu não é você que irá conseguir";
>
> duas cartas com exortações religiosas, em ambos os casos com panfletos incluídos onde vinha escrito: "Aprenda a rezar de novo, pobre criança perdida" e "Ajoelhe e confesse, Deus ainda não abriu mão de você".

E só nesse instante Else W. encontrou um bilhete debaixo da porta, que por sorte ela conseguiu esconder de Katharina: "Por que você não usou meu catálogo amoroso? Será que devo obrigá-la a ser feliz? Seu vizinho, que você desprezou com tanto desdém. Estou só avisando". O bilhete estava escrito com uma letra de forma na qual Else W. acreditou reconhecer formação acadêmica ou médica.

35

Já é bastante surpreendente que nem a sra. W. nem Konrad B. ficaram surpresos, e sequer pensaram em alguma forma de intervenção, quando viram Katharina dirigir-se até o bar da sala, pegar as garrafas de xerez, de uísque, de vinho tinto e uma aberta de xarope de cereja e, sem muita comoção, lançá-las contra a parede limpa, onde se espatifaram e escorreram.

Ela fez o mesmo em sua pequena cozinha, onde usou, para o mesmo fim, ketchup, molho de salada, vinagre e molho inglês. É preciso dizer que ela repetiu o ato no banheiro, com tubos e garrafas de creme, pó de arroz, talcos, produtos de higiene e, no quarto, com um frasco de água-de-colônia?

Agiu de forma tão sistemática, sem comoção, e tão confiante e convincente que Else W. e Konrad B. não levantaram um dedo.

36

Naturalmente, surgiram diversas teorias que procuraram analisar o momento exato em que Katharina concebeu as primeiras intenções assassinas ou engendrou o plano e decidiu, por fim, executá-lo. Alguns pensam que já o primeiro artigo do JORNAL, na quinta-feira, foi o suficiente; outros consideram a sexta-feira o dia decisivo, porque o JORNAL seguiu sem dar trégua e a vizinhança e o apartamento de Katharina, com os quais ela tinha um elo tão grande, revelaram-se destruídos (em termos subjetivos, de qualquer modo). Houve os telefonemas anônimos, as cartas anônimas — e depois o JORNAL no sábado e, além disso (antecipando!), a edição de domingo.

Tais especulações não são redundantes: ela planejou e executou o assassinato – e, com isso, basta! Claro que algo estava "crescendo" dentro dela – que as declarações de seu ex-marido, em especial, a enfureceram, e ficou bem claro que o conteúdo da edição do JORNAL de domingo, se não foi o causador de tudo, não conseguiu de forma alguma tranquilizá-la.

37

Antes que o flashback se encerre de uma vez e voltemos o foco para o sábado, faz-se necessário relatar ainda o decorrer da noite de sexta-feira e a madrugada de sexta para sábado na casa da sra. Woltersheim. Em suma: foi uma paz surpreendente. As tentativas de Konrad Beiters para distraí-la, botando música dançante, até mesmo sul-americana, e almejando fazer Katharina dançar, fracassaram, assim como as tentativas de separar Katharina do JORNAL e de sua correspondência anônima. O que também falhou foi a tentativa de ver tudo aquilo como algo não tão importante assim ou temporário. Ela, afinal, não tinha já sobrevivido a coisas piores? À miséria na infância; ao casamento com aquele Brettloh; ao alcoolismo e à "degeneração da mãe – para usar expressões amenas –, que, ao fim e ao cabo, foi a responsável pela perdição de Kurt"? Será que Götten estava em segurança e iria manter sua promessa de buscá-la? Era carnaval e ela estava bem financeiramente. Havia pessoas boas como os Blorna, os Hiepertz; e até mesmo aquele "esnobe vaidoso" – continuavam não arriscando pronunciar o nome da visita masculina – no fundo não era uma aparição mais divertida que opressora? Katharina discordou e se referiu ao "anel idiota e o envelope bobo" que quase botaram todos em apuro e até Ludwig sob suspeita. Se ela soubesse que a vaidade daquele esnobe teria custado a honra dela! Não, não, ele não era nada divertido. Não. Quando começaram a falar de coisas práticas — por exemplo, se ela iria procurar outro apartamento e se não seria o caso de pensar onde —, Katharina se esquivou e disse que a única coisa prática que pretendia fazer era uma fantasia de carnaval e pediu emprestado a Else um lençol grande, pois, em vista da moda dos xeiques, tinha intenção de "sair por aí", sábado ou domingo, como beduína. Afinal, o que de tão ruim aconteceu? Pensando bem, quase nada, ou melhor: quase só coisas positivas. Katharina, de todo modo, não tinha encontrado "aquele que era para ser", não tinha "passado uma noite de amor com ele"? Bem, ela foi interrogada, e Ludwig obviamente não é "alguém à toa". Depois houve a porcaria de sempre do JORNAL, alguns desgraçados telefonaram de forma anônima, outros escreveram cartas anônimas. A vida continua, não? Ludwig — algo que só ela sabia — não estava bem acomodado? Agora é hora de costurar uma fantasia de carnaval, em que Katharina fique encantadora, de albornoz branco; ela "sairia por aí" linda.

Enfim, até a natureza se faz prevalecer, e eles adormeceram, cochilaram, voltaram a acordar, e voltaram a cochilar. Vamos tomar um trago? Por que não? Um quadro cada vez mais plácido: uma jovem, que adormeceu sobre a costura, enquanto uma mulher e um homem mais velhos se movimentam ao seu redor, cuidadosos, para que a "natureza se faça prevalecer". E tanto prevaleceu que Katharina nem acordou com o telefone, que tocou logo, por volta das duas e meia. Por que as mãos da tão sóbria sra. Woltersheim de repente começaram a tremer quando atendeu o telefone? Será que esperava aquelas amorosidades anônimas que ouvira algumas horas antes? É óbvio que duas e meia da manhã é uma hora assustadora para receber telefonemas, mas ela atendeu o telefone, que Beiters de imediato tomou de sua mão, e quando ele disse "Alô?" desligaram. E voltou a tocar, e de novo, tão logo ele atendeu, desligaram antes mesmo de ter dito "Alô?". Havia pessoas que os estavam deixando com os nervos à flor da pele desde que ficaram sabendo através do jornal seu nome e seu endereço, e era melhor que o telefone ficasse fora do gancho.

Planejaram poupar Katharina ao menos da edição de sábado do JORNAL, mas ela ficou observando até que Else W. adormeceu e Konrad B. foi se barbear; saiu ao crepúsculo de mansinho para a rua, onde abriu a primeira e melhor caixa de distribuição do JORNAL e cometeu um sacrilégio: quebrou a CONFIANÇA do JORNAL e levou um exemplar sem pagar! Chegou a hora de encerrar o flashback, pois neste exato momento os Blorna desembarcaram do trem noturno, exaustos da viagem, irritadiços e tristes, e pegaram a mesma edição do JORNAL, que examinariam assim que chegassem em casa.

38

A manhã de sábado correu desconfortável nos Blorna, bem desconfortável, não apenas pela noite sem dormir no vagão noturno, que os deixou moídos e atordoados; não apenas pelo JORNAL, que, segundo a sra. Blorna, os perseguiria até o fim do mundo, como uma praga, não estariam mais seguros em lugar nenhum; desconfortável não só pelos telegramas repreensivos de amigos e parceiros de negócios influentes, da Lüstra (Lüding e Sträubleder Investimentos); mas também por causa de Hach, para quem telefonaram naquele dia muito cedo, talvez cedo demais (e também muito tarde, se pensassem que já o deviam ter feito na quinta-feira). Ele não foi muito gentil, disse que o interrogatório de Katharina já estava encerrado, não poderia dizer se seria aberto um processo contra ela; no momento ela precisava somente de assistência, mas não ainda de assistência jurídica. Será que tinham esquecido que era carnaval e que também promotores tinham direito a descanso e às vezes até a festejar? Bem, de todo modo já se conheciam havia 24 anos, tinham feito a mesma universidade, rachado de estudar juntos, cantado juntos, feito até mesmo caminhadas, e que, portanto, Blorna não ligasse para os primeiros momentos de mau humor, mesmo porque ele também se sentia bastante desconfortável, mas que fizesse o favor – isso era um pedido de um promotor – de que dali em diante falassem pessoalmente, e não por telefone. Sim, ela estava implicada no caso, algumas coisas ainda precisavam ser esclarecidas, nada além disso, talvez pudessem falar à tarde pessoalmente. Onde? Na cidade. E melhor seria durante uma caminhada. No saguão do museu. Quatro e meia. E que não telefonasse para Katharina, nem para a sra. Woltersheim, nem para o casal Hiepertz.

Também estavam desconfortáveis porque a falta de Katharina, de sua organização, foi sentida com toda rapidez e evidência. Como era possível que em meia hora, ainda que só tivessem se servido de café, tirado torrada, manteiga e mel do armário, disposto uns biscoitos na tábua, e deixado as malas encostadas no corredor, já parecia que o caos estava instalado? Por fim, até Trude ficou irritada, porque ele não parava de lhe perguntar se ela via alguma ligação entre o caso de Katharina e Alois Sträubleder ou mesmo Lüding, e ela não lhe dava nenhuma resposta, só ficava ali, encenando um ar entre ingênua e irônica, do qual, em geral, ele gostava, mas que naquela manhã não estava apreciando; e ela apontou para as duas edições do JORNAL, e perguntou se uma palavra não teria chamado a atenção dele, e, quando ele perguntou qual, ela se recusou a dizer, com uma observação sarcástica de que estava pondo à prova a perspicácia dele, e então ele leu de novo e de novo "aquela praga, aquela maldita praga, que os perseguiria até o fim do mundo"; continuou lendo, concentrado, porque o tempo todo sentia raiva por terem alterado sua declaração e pela expressão "Trude vermelha", até que acabou desistindo e pediu a Trude, submisso, que o ajudasse. Estava tão fora de si que sua perspicácia estava falhando e, além disso, havia anos que ele atuava somente como advogado do ramo industrial, quase nada no criminal, ao que ela respondeu, seca: "Infelizmente". Mas, em seguida, mostrou compaixão e disse: "A expressão *visita masculina* não diz nada para você? Ou fui eu que conectei essa expressão com os telegramas? Você acha que alguém descrito como esse Götting — não, Götten —, basta dar uma olhada nas suas fotos de novo, seria chamado, na língua dos moradores, espiões voluntários, de *visita masculina*, não importa a roupa que estivesse vestindo? Agora faço uma profecia e digo a você que, dentro de no máximo uma hora, também iremos receber uma visita masculina, e ainda vou profetizar o seguinte: aborrecimentos, conflitos — e possivelmente o fim de uma velha amizade, aborrecimentos também com sua Trude vermelha, e Katharina trará ainda mais aborrecimentos, porque ela tem duas qualidades bastante perigosas, fidelidade e orgulho, e ela nunca, mas nunca irá confessar que mostrou àquele jovem uma saída de fuga que nós, você e eu, concebemos juntos. Calma, meu bem, calma, *isso* não virá à tona, mas, sendo bem exata, eu sou a culpada de esse Götting – não, Götten – ter conseguido desaparecer do apartamento sem ser visto. Você certamente não se lembra de que eu havia pendurado no meu quarto uma planta de todo o sistema de calefação, ventilação, fiação e encanamento do Moradas Elegantes às Margens do Rio. Os dutos de calefação estavam marcados em vermelho; os exaustores, em azul; fiação, em verde; e canalização, em amarelo. Essa planta fascinou Katharina a tal ponto – já que ela mesma é uma pessoa tão organizada, planejadora, quase genial nisso – que ficava muito tempo diante dela e volta e meia me perguntava sobre o significado de alguma coisa naquele 'quadro abstrato' – assim o chamava – e eu ficava sempre de lhe fazer uma cópia e presenteá-la. Fiquei aliviada por não ter feito isso, imagine se tivessem encontrado uma cópia da planta com ela – aí a teoria da conspiração, a ideia do arsenal, estaria corroborada, fariam a ligação entre *os bandidos da Trude vermelha* e a visita masculina de Katharina. É evidente que uma planta como essa seria, para qualquer assaltante ou adúltero que não quisesse ser visto, um guia ideal para entrar e sair incólume. Eu mesma expliquei a ela a altura de cada passagem: onde se pode andar a pé, onde é preciso andar agachado, onde é preciso rastejar, no caso de haver algum cano estourado ou pane nos fios elétricos. Só assim esse jovem e amável cavalheiro, com cujos carinhos ela agora só pode sonhar, conseguiria escapar da polícia, e se ele é mesmo um ladrão de banco, deve ter examinado o sistema. Talvez também o cavalheiro que a visitava tenha entrado e saído dessa forma. Os conjuntos residenciais modernos exigem métodos de vigilância diferentes dos usados nas casas antigas. Você devia explicar isso para a polícia e a promotoria. Vigiam as entradas principais, talvez o saguão e o elevador, mas lá há também um elevador de serviço que leva direto para o porão – e aí alguém pode rastejar uns metros, só tem de levantar uma tampa de bueiro em algum lugar e, pronto, já o perderam. Acredite: agora só resta rezar, porque o cavalheiro não vai gostar das manchetes do JORNAL, por um motivo ou por outro. O que ele precisa agora é de uma manipulação concreta e direta das investigações e da reportagem sobre o caso, e o que ele teme tanto quanto as manchetes é o rosto azedo e amargo de uma certa Maud, sua esposa legítima e beata, que lhe deu, além disso, quatro filhos. Você nunca percebeu a 'alegria adolescente', quase travessa – digo, ainda: quase simpática –, quando ele dançava com Katharina? E como insistia em levá-la para casa e como ficou decepcionado como um adolescente quando ela passou a ter carro próprio? O que ele precisava, o que seu coração almejava, era uma coisinha tão ímpar e simpática como Katharina, que não fosse leviana, mas – como vocês dizem – apta para o amor, séria e ainda tão jovem e tão bonita, de um modo que nem ela mesma se dava conta. Também o seu coração de homem não se deleitou um pouco com ela?".

Sim, sim, também seu coração de homem se deleitou, ele admitiu isso, também admitiu que gostava muito dela, mas ela, Trude, bem sabia que todo mundo, não apenas os homens, teria impulsos de tomar alguém assim nos braços e talvez mais. Mas com Katharina, não, havia algo nela que jamais o teria levado a ser um daqueles cavalheiros, e se algo o impediu, tornando impossível que ele fosse um desses cavalheiros – melhor dizendo: impediu que ele fizesse qualquer tentativa nesse sentido –, não era o respeito por Trude, e ela sabia o que ele queria dizer, e sim o respeito por Katharina, de fato respeito, quase reverência, mais, uma reverência carinhosa (maldição!) por sua inocência. Mais, mais que inocência, não encontrava a palavra certa para isso. Seria aquela frieza estranha e cordial de Katharina e — embora fosse quinze anos mais velho que ela e sabe Deus a que isso teria levado — como Katharina encarou, planejou e organizou sua vida bagunçada, foi isso que o impediu, caso tivesse tido qualquer ideia do gênero, porque tivera medo de destruí-la ou de destruir a vida dela. Afinal, ela era tão vulnerável, tão desgraçadamente vulnerável, e, se ficasse constatado que era mesmo Alois esse cavalheiro que a visitava, ele iria — e sem medir as palavras — "arrebentar a cara dele"; de fato era preciso ajudá-la, ajudá-la, ela não era uma pessoa preparada para aquelas artimanhas, interrogatórios, inquéritos. E já estava ficando tarde demais, ele tinha, tinha de achar Katharina ao longo do dia... e aí foi interrompido em suas meditações reveladoras, porque Trude, com sua secura incomparável, constatou: "A visita masculina acabou de chegar".

39

É preciso dizer logo que Blorna não arrebentou a cara de Sträubleder, que, na verdade, havia chegado em um luxuoso carro alugado. Aqui não só haverá o menor derramamento de sangue possível como também será limitada a descrição de violência física, quando não for inevitável, àquele mínimo imposto pela tarefa da reportagem. Isso não significa que a situação ficou mais confortável para os Blorna, pelo contrário: ficou até mais desconfortável, pois Trude B. não conseguiu se conter e cumprimentou o velho amigo, enquanto ainda mexia sua xícara de café, com as seguintes palavras: "Olá, cavalheiro da visita". "Suponho", disse Blorna, constrangido, "que a Trude de novo acertou na mosca." "Sim", respondeu Sträubleder, "mas sem a menor delicadeza, como sempre."

Constate-se que, entre a sra. Blorna e Alois Sträubleder, ocorreram tensões quase insuportáveis quando ele havia tentado não exatamente seduzi-la, mas flertado com ela, e ela lhe havia dado a entender — com seu jeito seco — que, apesar de ele se julgar irresistível, não era de fato; não para ela, de qualquer maneira. Sob tais circunstâncias, é compreensível que Blorna imediatamente tenha levado Sträubleder até seu escritório, e que pedisse à esposa que os deixassem a sós e, nesse meio-tempo ("meio-tempo entre o quê?", ela perguntou), que fizesse de tudo, tudo o que fosse possível, para localizar Katharina.

40

Por que de repente o próprio escritório passa a se tornar medonho, quase desarrumado e sujo, ainda que não se veja poeira alguma e nada esteja fora do lugar? O que faz com que as poltronas vermelhas — nas quais tantos bons negócios foram fechados e tantas conversas confidenciais conduzidas, cujos assentos são de fato confortáveis e onde se pode ouvir música — tornem-se subitamente abjetas; e nojentas até as prateleiras de livros e suspeito o Chagall pendurado na parede, com assinatura do pintor, como se fosse uma falsificação executada pelo próprio artista? Cinzeiro, isqueiro, garrafinha de uísque — o que há de errado com esses objetos inofensivos, ainda que luxuosos? O que torna insuportável um dia tão desconfortável, depois de uma noite mais desconfortável ainda e de tão forte tensão entre velhos amigos que faz até saltar faíscas? O que há de errado com essas paredes texturizadas em amarelo suave e enfeitadas com artes gráficas contemporâneas?

"Sim, sim", disse Alois Sträubleder, "na verdade, só vim até aqui para lhe dizer que não preciso mais da sua ajuda *nessa* questão. Você de novo perdeu as estribeiras, no aeroporto, em meio à neblina. Uma hora depois que vocês perderam as estribeiras ou a paciência, a neblina foi embora, e poderiam já estar aqui por volta das seis e meia. Até mesmo se tivessem refletido calmamente, ainda em Munique, e ligado para o aeroporto, iriam saber que não havia mais impedimentos. Deixa pra lá. Mas a quem estamos enganando? Mesmo que não houvesse mais neblina e o avião tivesse saído no horário previsto, você de qualquer modo teria chegado tarde demais, porque a parte decisiva do interrogatório já tinha terminado e nada mais poderia ser evitado".

"Seja como for, não tenho condições de lutar contra o JORNAL", disse Blorna.

"O JORNAL", revidou Sträubleder, "não representa perigo, isso está nas mãos de Lüding, só que ainda há outros jornais, e eu posso suportar todo tipo de manchete, menos a que me conecta a bandidos. Um caso romântico me causa problemas ao máximo na esfera privada, não na pública. Nem mesmo uma foto com uma mulher atraente como Katharina Blum me traria prejuízos. Ademais, vão acabar enterrando a teoria da visita de um cavalheiro, e nem joia nem carta vão me meter em confusão – tudo bem que encontraram um anel bastante caro que eu dei de presente a ela, e escrevi umas cartas das quais só um envelope foi encontrado. O pior é esse Tötges estar escrevendo, com pseudônimo, coisas para as revistas semanais que o JORNAL não permitiu publicar, e que, bem, Katharina prometeu a ele uma entrevista exclusiva. Quem me contou isso foi Lüding há uns poucos minutos, que é a favor de Tötges fazer a entrevista, porque temos o JORNAL nas mãos, mas ninguém tem domínio sobre suas outras atividades jornalísticas, que ele exerce através de um intermediário. Você parece não estar informado, não?"

"Não fazia a menor ideia", respondeu Blorna.

"Situação engraçada para um advogado cujo cliente sou eu. Deve ser porque você perde o seu tempo chacoalhando e se agitando em trens em vez de entrar em contato com os institutos meteorológicos que poderiam informar que a neblina logo iria passar. Pelo visto, você ainda não entrou em contato com ela?"

"Não, e você?"

"Não, não diretamente. Só sei que há mais ou menos uma hora ela ligou para o JORNAL e prometeu uma entrevista exclusiva a Tötges para amanhã à tarde. Ele aceitou. Isso está me angustiando muito mais e me causando dor no estômago." (Neste momento, o rosto de Sträubleder pareceu quase comovido e sua voz, aflita.) "Amanhã você pode me ofender o quanto quiser, porque sei que abusei da sua confiança – mas, por outro lado, vivemos em um país de fato livre, onde é permitido conduzir livremente a vida amorosa, e, você pode acreditar, eu faria de tudo para ajudá-la, colocaria até minha reputação em jogo, porque – e pode rir à vontade – eu amo essa mulher, só que não há mais o que fazer por ela – por mim, sim –, ela simplesmente não se deixa ajudar…"

"E você não pode ajudá-la com relação a esse JORNAL, a esses desgraçados?"

"Meu Deus, não esquente a cabeça com o JORNAL, mesmo que estejam botando pressão sobre vocês. Não vamos discutir sobre tabloides e liberdade de imprensa. Pra resumir: gostaria que você estivesse junto na entrevista, como meu advogado *e* dela. Na verdade, a questão mais delicada não apareceu até agora nem no inquérito nem na imprensa: eu a forcei a ficar com a chave da nossa casa em Kohlforstenheim. Essa chave não apareceu nem na busca e apreensão nem na revista corporal, mas ela *está* com a chave ou pelo menos esteve, se não a jogou fora simplesmente. Foi puro sentimentalismo, chame como quiser, porque não vou perder as esperanças de que um dia ela vá me visitar naquele lugar. Apenas creia que eu a ajudaria, ficaria do lado dela, e iria até lá e confessaria tudo: veja, eu sou a visita masculina – só sei de uma coisa: a mim ela renega, mas nunca ao Ludwig."

Havia algo totalmente inédito, surpreendente, no rosto de Sträubleder, algo que quase despertou comiseração em Blorna, no mínimo curiosidade; por pouco não era submissão, ou seria ciúme?

"Que importância tem tudo isso de joia, cartas e, agora, essa chave?"

"Droga, Hubert, você ainda não entendeu? Não posso dizer algo assim nem ao Lüding nem ao Hach e à polícia – tenho certeza de que ela deu a chave ao Ludwig e de que agora esse rapaz está escondido há dois dias na casa. Só tenho medo pela Katharina, pelos policiais, também por esse jovem e estúpido malandro que talvez esteja escondido na minha casa em Kohlforstenheim. Quero que ele suma de lá antes que o descubram, ao mesmo tempo também quero que o peguem para acabar de vez com esse caso. Agora você está entendendo? E o que você sugere?"

"Você pode ligar para lá, para Kohlforstenheim, acho eu."

"E você acha que, se ele estiver lá, vai atender?"

"Então ligue para a polícia, não há outra saída. Até para impedir uma desgraça. Se necessário, faça uma ligação anônima. Se existe a mínima possibilidade de Götten estar na sua casa, você deve notificar imediatamente a polícia. Caso contrário, eu o farei."

"Para que a minha casa e meu nome apareçam nas manchetes ao lado desses bandidos? Pensei em outra coisa... Pensei que talvez você pudesse ir até lá, quer dizer, até Kohlforstenheim, como meu advogado, e ver se está tudo em ordem."

"Agora? Em pleno sábado de carnaval, com o JORNAL já sabendo que interrompi minhas férias de forma atropelada – e que fiz isso só para ver se está tudo em ordem com a sua casa? Se a geladeira está funcionando, é isso? Se o termostato da calefação está ajustado corretamente; nenhum vidro quebrado; se o bar está fornido o suficiente e a roupa de cama não está úmida? É para isso que um respeitado advogado do ramo industrial, dono de uma mansão com piscina e casado com a 'Trude vermelha', interrompe suas férias? Você realmente acha isso inteligente, com os repórteres do JORNAL certamente observando cada passo meu – eu viajar, mal tendo desembarcado do vagão noturno, para a sua mansão, e ver se os crócus logo irão despontar ou se os galantos já não estão dando flor? Você realmente acha que é uma boa ideia – levando em consideração que esse amável Ludwig já está incriminado e que pode muito bem recorrer a uma arma de fogo?"

"Droga, não sei se sua ironia ou suas piadas são apropriadas para o momento. Estou lhe pedindo, como meu advogado e meu amigo, um favor de natureza não apenas pessoal, mas também de caráter cívico, e você vem com essa de galanto. Esse caso está correndo há um dia de modo tão sigiloso que desde hoje cedo não recebemos mais nenhum tipo de informação de lá. Tudo que sabemos vem do JORNAL, com o qual Lüding por sorte tem boas relações. A promotoria e a polícia não falam mais por telefone nem com o Ministério do Interior, com o qual Lüding da mesma forma tem boas relações. É questão de vida ou morte, Hubert."

Neste momento, Trude entrou sem bater, com um radinho nas mãos, anunciando, tranquila: "Não se trata mais de morte, só de vida, graças a Deus. Prenderam o rapaz, por burrice ele atirou e levou um tiro, ficou ferido, mas não corre risco de vida. No seu jardim, Alois, em Kohlforstenheim, entre a piscina e o pergolado. Estão falando que é uma casa luxuosa de meio milhão de um companheiro de Lüding. A propósito, ainda existem verdadeiros cavalheiros: a primeira coisa que nosso bom Ludwig disse foi que Katharina não tem nada a ver com aquilo, trata-se de um caso amoroso totalmente da esfera privada, que não tem nada a ver com os delitos dos quais ele está sendo acusado e os quais ele continua negando. É provável que você tenha de repor alguma vidraça, Alois — está tudo perfurado de bala por lá. Seu nome ainda não foi mencionado, mas talvez seja bom telefonar para a Maud, que certamente está aflita e precisando de consolo. Por sinal, ao mesmo tempo pegaram três supostos cúmplices de Götten em outro lugar. Tudo está sendo considerado um êxito tremendo de um certo delegado Beizmenne. Agora não perca tempo, meu caro Alois, e, só pra variar, seja um cavalheiro visitando a sua boa esposa".

É possível imaginar que, nesse momento, no escritório dos Blorna, quase houve um confronto físico de forma alguma compatível com o ambiente e a decoração da sala. Pode ser — *pode ser* — que Sträubleder tenha tentado pular no pescoço de Trude, mas foi impedido por seu esposo e alertado por ele a não encostar o dedo em uma dama daquele jeito. Pode ser — *pode ser* — que Sträubleder tenha revidado, dizendo não estar certo de que a definição de dama se aplicava a uma mulher com a língua tão afiada, e existem palavras que, em determinadas ocasiões, e sobretudo quando se anunciam acontecimentos trágicos, não devem ser usadas com ironia, e se ele ouvisse mais uma vez, mais uma única vez, aquela palavra sombria — e daí? então o quê? —, estaria tudo acabado. Mal ele saiu da casa, e Blorna nem chegou a conseguir falar a Trude que talvez ela tivesse ido longe demais quando ela o cortou e disse: "A mãe da Katharina morreu esta noite. Consegui localizá-la em Kuir-Hochsackel".

41

Antes das últimas manobras de desvio, recondução e direcionamento, que se permita, aqui, inserir uma espécie de parêntese técnico. Muita coisa aconteceu nesta história. De uma maneira tão constrangedora que mal é possível superar. Esta história tem um enredo com muita ação: isso é uma desvantagem. É lamentável quando uma empregada doméstica autônoma atira em um jornalista, e um caso como esse deve ser esclarecido ou pelo menos algum esforço deve ser feito nesse sentido. E o que fazer com um bem-sucedido advogado que interrompe suas férias mais que merecidas por causa dessa doméstica? E com um industrial (que ainda por cima é professor catedrático e líder partidário) que, por causa de uma sentimentalidade imatura, empurra justamente para essa doméstica a chave de sua outra casa (além de si mesmo), sem êxito em nenhum dos dois casos, como se sabe, e que almeja publicidade, mas apenas de um jeito específico? Tudo isso são coisas e pessoas simplesmente impossíveis de sincronizar, e que por isso vivem atrapalhando o fluxo (ou o curso linear da história). O que fazer com um policial que vive solicitando grampos telefônicos e ainda recebe autorização para fazê-lo? Para encurtar: tudo é inconsistente demais e, no momento decisivo, não é suficiente para um narrador, porque, embora seja possível saber disso ou daquilo (por meio de Hach, por exemplo, ou de outros policiais), ainda assim nada, absolutamente nada do que venham a dizer, mesmo que por insinuação, tem a força de uma prova, pois não seria confirmado diante do tribunal ou teria somente valor de testemunho. Não tem força alguma como evidência! Nem o menor valor para a esfera pública. Por exemplo, essa questão das escutas. Grampear linhas telefônicas serve, é claro, para a investigação, porém o resultado não só não pode ser levado a público como também não pode sequer ser mencionado – isso porque foi feito por outra repartição que não aquela responsável pelo inquérito. Acima de tudo: o que se passa pela assim chamada psique daquele que está na escuta? O que fica imaginando um policial respeitável que não faz mais que cumprir o seu dever (às vezes até repulsivo para ele), que o faz se não para cumprir ordens, por assim dizer, certamente para garantir seu ganha-pão, o que passa por sua cabeça quando tem de ouvir daquele morador desconhecido que, havia pouco, fazia ofertas amorosas, a forma com que falou ao telefone com uma pessoa tão simpática, bem-apessoada, e quase irreprochável como Katharina Blum? Será que o policial acaba sentindo uma excitação moral ou sexual – ou dos dois tipos? Fica indignado, tem compaixão? Ou lhe causa um prazer estranho quando uma pessoa cujo apelido é "freira" é ferida no mais recôndito de sua alma por causa de ofertas feitas como ameaças ou gemidos roucos? Acontece tanta coisa no primeiro plano – e mais ainda no segundo. O que fica imaginando aquele que está na escuta, uma pessoa inofensiva, que ganha o pão com sacrifício, quando um certo Lüding, algumas vezes mencionado aqui, liga para o redator-chefe do JORNAL e diz algo assim: "Tire S. imediatamente da jogada e deixe B.

totalmente dentro"? É claro que o motivo do grampo em Lüding não era porque *ele* deve ser observado, mas porque há o risco de que ele receba um telefonema – como de chantagistas, gângsteres políticos etc. Como um ouvinte imparcial saberia que S. é de Sträubleder, B. de Blorna e como é possível que, no JORNAL DE DOMINGO, não haja mais nada sobre S., mas muito mais sobre B.? E mais: quem iria saber ou ter alguma suspeita de que Blorna é um advogado que Lüding considera muito, que inúmeras vezes comprovou seu talento nacional e internacionalmente? Quando em outra passagem falamos sobre fontes que "não conseguem convergir", não pensamos em outra coisa senão na canção popular sobre a princesa cujas velas eram apagadas pela freira malvada – e depois o príncipe cai nas profundezas e se afoga. Então a sra. Lüding pede que a cozinheira ligue para a secretária de seu marido, para perguntar o que ele gostaria de sobremesa para o domingo: panquecas com sementes de papoula? Morangos com sorvete *e* chantilly, ou só com sorvete, ou só com chantilly? A secretária, que não queria incomodar o chefe e conhecia seu paladar, mas faria tudo para causar irritação ou incômodo, explicou à cozinheira com uma voz um tanto ferina que estava certa de que o sr. Lüding iria preferir, naquele domingo, *crème brûlée*. A cozinheira, que também conhecia o paladar de Lüding, objetou e disse que aquilo era novidade para ela; a secretária não estaria confundindo o seu próprio paladar com o do sr. Lüding e não faria o favor de colocar o sr. Lüding na linha, para que ela pudesse perguntar diretamente o que ele desejava para a sobremesa? Depois disso, a secretária afirmou que, quando *ela* viajava com ele, pois às vezes acompanhava-o em conferências e fazia refeições com ele no Palace Hotel ou alguma pousada, ele sempre comia *crème brûlée*. A cozinheira: só que no domingo ele não estaria viajando com ela, a secretária, e talvez as sobremesas que Lüding escolhia dependessem da companhia, do momento etc. etc. Por fim, a discussão sobre a panqueca com sementes de papoula ainda durou um bom tempo – e toda essa conversa foi gravada com dinheiro público! O interceptador, que certamente tem de atentar para isso, fica pensando se ali não estaria sendo usado um código de anarquistas; se "panqueca" não queria dizer "granada" e "morangos com sorvete " não seriam "bombas". Então ele pensa: Isso são lá preocupações? ou: Preocupado estou eu, pois era quase certo que a filha naquele momento estaria fugindo de casa, ou o filho fumando maconha, ou o aluguel teria aumentado de novo, e tudo isso – essas gravações de grampos – só porque uma vez Lüding recebeu uma ameaça de bomba. E assim um simples policial ou funcionário vem a saber o que são panquecas com sementes de papoula, ele, a quem essas panquecas já seriam o suficiente para uma refeição, até mesmo só *uma*.

Muita coisa acontece no primeiro plano, e não sabemos nada do que acontece no segundo. Se ao menos pudéssemos deixar o *tape* rodar! Finalmente ficaríamos sabendo se a sra. Woltersheim tem alguma intimidade com Konrad Beiters. O que significa a palavra "companheiro" quando se trata da relação desses dois? Ela o chama de "meu amor", "querido", ou só de Konrad ou Conny? Que tipo de palavras carinhosas eles trocam, se é que trocam? Será que ele canta para ela ao telefone, já que é conhecido por ter uma boa voz de barítono, quase de concertista ou ao menos de coral? Serenatas? Pop? Árias? Ou só falam de intimidades passadas ou planejadas de uma maneira vulgar? Isso todos querem saber, e como não é todo mundo que possui dons telepáticos confiáveis, simplesmente pegam no telefone, o que lhes parece mais confiável. Será que os superiores estão cientes das consequências psicológicas em relação ao que exigem de seus funcionários? Vamos supor que uma pessoa de natureza vulgar, e que é considerada temporariamente suspeita, telefone para o parceiro amoroso atual, igualmente vulgar. Como estamos em um país livre e podemos falar aberta e livremente uns com os outros, também por telefone, sabe-se lá o que vai acabar no grampo ou zunir nos ouvidos de uma pessoa possivelmente pudica ou até mesmo puritana – não importa o gênero? Quem será o responsável? O tratamento psiquiátrico estará assegurado? O que o Sindicato de Trânsito, Serviços e Transportes Públicos tem a dizer? Eles se preocupam com industriais, mas quem se preocupa com nossas forças nacionais de segurança dos grampos? A Igreja não tem nada a dizer sobre isso? Não ocorre mais nada à Conferência dos Bispos em Fulda ou ao Comitê Central dos Católicos Alemães? Por que o papa está calado? Ninguém tem ideia de tudo o que se exige dos ouvidos inocentes, de *crème brûlée* à pornografia pesada? Os jovens são exortados a seguir uma carreira pública – e a quem são entregues? A pervertidos telefônicos. Eis uma área na qual finalmente igrejas e sindicatos poderiam trabalhar juntos. Ou poderiam ao menos conceber um programa de formação para interceptadores. Grampos com aulas de história. Isso não deve custar muito.

42

Voltemos, arrependidos, para o primeiro plano; recomecemos o trabalho inevitável do canal e de novo vamos dar início a uma explicação! Havíamos prometido que não correria mais sangue por aqui e é importante frisar que, com a morte da sra. Blum, a mãe de Katharina, a promessa não foi exatamente quebrada, pois não se tratou de um ato sanguinário, ainda que não tenha sido um caso de morte totalmente normal. Embora a morte da sra. Blum tenha sido precipitada, não o foi de forma intencional. Em todo caso – é preciso frisar –, aquele que precipitou sua morte não teve intenções assassinas, nem mortais, nem mesmo de causar ferimentos. Como foi não só comprovado, mas até mesmo admitido pelo causador, trata-se justamente daquele Tötges, o mesmo que, no entanto, teve um fim sangrento, com violência premeditada. Já na quinta-feira, em Gemmelsbroich, Tötges conseguira o endereço da sra. Blum e também ficara sabendo onde ela estava, porém tentou inutilmente uma aproximação no hospital. O recepcionista, a enfermeira-chefe Edelgard e o médico responsável, dr. Heinen, chamaram sua atenção para o fato de que a sra. Blum precisava muito de repouso, pois havia passado por uma cirurgia bastante exitosa de câncer, e sua recuperação dependia de não ser submetida a qualquer tipo de agitação, de modo que uma entrevista estava fora de cogitação. A afirmação de que a sra. Blum seria "uma pessoa pública" por conta da ligação de sua filha com Götten foi refutada pelo médico com a afirmação de que também as "pessoas públicas" eram para ele, antes de tudo, pacientes. Tötges, durante essa conversa, percebeu que havia pintores de parede no hospital e mais tarde se vangloriaria com os colegas, uma vez que, valendo-se "do truque mais simples, o disfarce de operário" – munido de macacão, lata de tinta e um pincel –, conseguiu chegar até a sra. Blum na manhã de sexta-feira, pois nada é mais informativo que uma mãe, mesmo que doente. Ele confrontou a sra. Blum com os fatos, e não estava certo de que ela tinha entendido tudo, pois o nome de Götten não dizia nada a ela, que refletiu: "Por que as coisas têm de acabar assim? Por que elas são assim?", que, no JORNAL, ele transformou no seguinte: "O que começou assim, assim termina". A mudança sutil da declaração da sra. Blum foi justificada por ele com o argumento de que, como repórter, era sua obrigação e ele estava acostumado a "dar uma ajuda retórica às pessoas mais simples".

43

Não ficou absolutamente provado se Tötges de fato chegou até a sra. Blum. Talvez, para poder usar frases da mãe de Katharina no JORNAL como resultado de uma entrevista, ele tenha mentido sobre sua visita ou a tenha inventado, para comprovar sua esperteza ou competência jornalística e, ao mesmo tempo, para se gabar um pouco. Todos, o dr. Heinen, a irmã Edelgard, uma enfermeira espanhola chamada Huelva e uma faxineira portuguesa chamada Puelco julgaram excluída a possibilidade de que "esse rapaz de fato pudesse ter a ousadia de fazer isso" (dr. Heinen). Sem dúvida não foi determinante somente a visita à mãe de Katharina, que, embora possivelmente inventada, havia sido de todo modo admitida, e fica a pergunta se a equipe do hospital estaria simplesmente negando algo que não deveria ter acontecido, ou se Tötges, de modo a conferir caráter de citação às palavras da mãe de Katharina, inventou a visita feita a ela. Sejamos absolutamente justos. Há evidências de que Katharina costurou sua fantasia para ir justo àquele bar de onde o desafortunado Schönner saiu "com algum rabo de saia", e proceder a algumas averiguações, *depois* que ela combinou a entrevista com Tötges e *depois* de o JORNAL DE DOMINGO ter publicado uma outra matéria dele. É preciso esperar e ver. É certeza, foi detectado, mesmo provado, que o dr. Heinen ficou surpreso com a morte repentina de sua paciente Maria Blum e "se não podemos demonstrar a influência de fatores imprevistos, de modo algum também podemos excluí-los". Os inocentes pintores de parede jamais deveriam levar a culpa. A honra da classe trabalhadora alemã não pode ser maculada: nem a irmã Edelgard nem as estrangeiras Huelva e Puelco poderiam garantir que todos os pintores — ao todo quatro, da Firma Merkens, de Kuir — fossem realmente pintores, e, como os quatro trabalhavam em diferentes locais, ninguém pode saber de fato se alguém, provido de lata de tinta e pincel e vestindo macacão, não tenha entrado ali furtivamente. Certo é: Tötges *afirmou* (não é possível falar em confissão, já que sua visita não foi comprovada) ter estado com Maria Blum, tê-la entrevistado, e Katharina ficou sabendo dessa afirmação. O sr. Merkens também admitiu que nem todos os quatro pintores costumavam estar presentes ao mesmo tempo e que, *se* foi o caso de alguém ter entrado furtivamente, deve ter sido algo sem importância. Mais tarde, o dr. Heinen disse que iria denunciar o JORNAL pela publicação da frase da mãe de Katharina, fazer um escândalo, porque, se fosse verdade, aquilo era monstruoso. Mas a sua ameaça foi cumprida tanto quanto a de Blorna de "arrebentar a cara" de Sträubleder.

44

Por volta do meio-dia, naquele sábado, 23 de fevereiro de 1974, no Café Kloog, em Kuir, finalmente se encontraram os Blorna, a sra. Woltersheim, Konrad Beiters e Katharina (o dono é um sobrinho do patrão de Katharina, que chegou a empregá-la anos antes, tanto na cozinha quanto como garçonete). Foram muitos abraços, lágrimas derramadas, até da sra. Blorna. Claro que no Café Kloog a atmosfera era de carnaval, entretanto, o proprietário, Erwin Kloog, que conhecia Katharina e a estimava, deixou à disposição do grupo ali reunido a sua sala de estar particular. Dali, Blorna primeiro telefonou para Hach e cancelou o encontro da tarde, no saguão do museu. Informou Hach de que a mãe de Katharina havia morrido inesperadamente, muito provavelmente em decorrência de uma visita de Tötges, do JORNAL. Hach estava mais calmo que de manhã e pediu que transmitisse a Katharina seus pêsames; ela certamente não tinha rancor dele, também não havia motivo para isso. No mais, estava à disposição para o que precisassem. Embora estivesse, agora, muito ocupado com os interrogatórios de Götten, logo ficaria livre. A propósito, até o momento o interrogatório de Götten não havia trazido nada de incriminador contra Katharina. Ele falou dela com grande afeição e foi justo com ela. E não esperava permissão para visita, porque não existia nenhuma relação de parentesco e a definição de "noiva" era muito vaga e não devia valer no caso.

Katharina parecia não estar exatamente desmoronada com a notícia da morte de sua mãe. Parecia que estava até aliviada. É claro que Katharina confrontou o dr. Heinen com a edição do JORNAL, que mencionava a entrevista de Tötges e citava sua mãe, mas de modo algum compartilhava da indignação do dr. Heinen com a entrevista. Achava, isso sim, que essas pessoas eram assassinas de reputações, sem dúvida desprezava aquilo, porém era o dever desse tipo de gente que trabalha em jornal tirar a honra, a reputação e a saúde de pessoas inocentes. O dr. Heinen, que erroneamente a supusera marxista (é provável que tenha lido no JORNAL as insinuações de Brettloh, o ex-marido de Katharina), ficou chocado com sua frieza e perguntou se ela considerava aquilo — o estratagema do JORNAL — um problema estrutural. Katharina não entendeu o que ele quis dizer e simplesmente balançou a cabeça. Depois foi com a irmã Edelgard para a câmara mortuária, onde entrou com a sra. Woltersheim. A própria Katharina retirou o lençol do rosto de sua mãe e disse "sim", e deu-lhe um beijo na testa; quando a irmã Edelgard a convidou para fazer uma pequena prece, ela balançou a cabeça e disse "não". Cobriu novamente o rosto da mãe com o lençol, agradeceu à freira e só quando saiu da câmara mortuária começou a chorar, primeiro em silêncio, depois com mais força, até que não conseguiu mais se segurar. Talvez pensasse no pai falecido, que vira pela última vez também em uma câmara mortuária de um hospital, quando tinha 6 anos de idade. Ocorreu a Else Woltersheim, ou melhor, chamou sua atenção, o fato de nunca ter visto Katharina chorar, nem mesmo quando criança, ao sofrer na escola ou ao afligir-se pelas atribulações do ambiente em que vivia. Katharina insistiu, de uma maneira bastante educada, quase amável, em agradecer às estrangeiras Huelva e Puelco por tudo que fizeram pela sua mãe. Saiu do hospital resignada e não esqueceu de pedir à administração do hospital que notificasse o irmão preso através de um telegrama.

Assim ela ficou a tarde toda, até de noite: resignada. Ainda que volta e meia pegasse as duas edições do JORNAL e mostrasse para os Blorna, Else W. e Konrad B., com todos os detalhes e sua interpretação sobre eles, parecia que algo havia mudado em sua relação com o JORNAL. No jargão do momento: estava menos emocional e mais analítica. Naquele círculo familiar e amigável, na sala de estar de Erwin Kloog, falou mais abertamente de sua relação com Sträubleder: depois de uma noite nos Blorna, ele a levou para casa, e embora ela tenha recusado, categórica, quase enojada, ele a levou até a entrada do prédio, acompanhou-a ainda até o apartamento e, com os pés, impediu que ela fechasse a porta. Claro que ele tentou ser indecoroso e ganhou uma bela ofensa, pois ela lhe disse que não o achava irresistível, e finalmente ele foi embora – já passava da meia-noite. Desde aquele dia ele não parou mais de persegui-la, volta e meia aparecia, mandava flores, escrevia cartas, e uma única vez conseguiu entrar no apartamento, e nessa ocasião simplesmente obrigou que ela aceitasse o anel. E foi só isso. Por isso ela não quis admitir suas visitas ou revelar o seu nome, porque julgava impossível explicar às autoridades do interrogatório que não havia ocorrido nada, absolutamente nada entre eles, nem um único beijo. Quem iria acreditar que ela rejeitaria um homem como Sträubleder, que não só era rico como bastante famoso nos círculos políticos, econômicos e acadêmicos por causa de seu charme irresistível, que era quase um ator de cinema, e quem iria acreditar que uma doméstica como ela rejeitaria um ator de cinema, e isso nem por motivos morais, mas de gosto? Ele não exercia o mínimo fascínio sobre ela, que estava considerando toda essa história das visitas masculinas como uma invasão asquerosa em uma esfera que ela nem sequer gostaria de caracterizar como íntima, pois isso seria um mal--entendido e nem remotamente ela teria ficado íntima de Sträubleder – e apenas porque ele a tinha colocado em uma situação que ela não poderia esclarecer a ninguém, muito menos aos investigadores. Ao fim – e então ela soltou uma risada – até se sentiu grata, pois a chave da casa dele tinha sido importante para Ludwig, ou ao menos o endereço – voltou a rir –, certamente Ludwig teria conseguido invadi-la sem a chave, mas é claro que a chave tinha facilitado as coisas para ele, e ela sabia que a mansão não estaria sendo usada no carnaval, pois dois dias antes Sträubleder tinha voltado a assediá-la, pressionando-a, sugerindo um fim de semana de carnaval lá, em vez de aceitar participar de uma conferência em Bad B. Sim, Ludwig tinha dito a ela que era procurado pela polícia, mas apenas por ser um desertor do exército, e estava prestes a se mandar para o exterior, e – ela riu pela terceira vez – foi divertido ela mesma tê-lo despachado pelo duto de calefação e indicado a ele a saída de emergência que levava ao fim do Moradas Elegantes às Margens do Rio, na esquina com a rua Hochkeppel. Não, ela não sabia que estavam sendo vigiados pela polícia, só achou aquilo parecido com algo tirado de um romance policial, e só de manhãzinha – Ludwig de fato já tinha ido embora às 6 horas – ela percebeu a seriedade da situação. Estava aliviada por Götten ter sido preso, só assim para ele não fazer mais besteiras. Ela ficara com medo durante todo esse tempo, pois aquele Beizmenne lhe parecera pavoroso.

45

Neste momento, é preciso notar que a tarde e a noite de sábado correram de maneira quase agradável, tão agradável que todos – os Blorna, Else Woltersheim e Konrad Beiters, curiosamente quieto – estavam quase tranquilos. Ao fim, sentiam que a "situação não estava mais tensa" – e a própria Katharina também concordava. Götten estava preso; os interrogatórios de Katharina, encerrados; a mãe de Katharina estava livre de um sofrimento enorme, ainda que de forma antecipada; as formalidades do enterro já tinham sido iniciadas; todos os documentos necessários já prometidos, em Kuir, para a segunda-feira de carnaval — um funcionário da administração gentilmente se dispôs a despachá-los apesar do feriado. Por fim, houve ainda um certo consolo no fato de o proprietário do café, Erwin Kloog, após recusar terminantemente o pagamento do que haviam consumido (café, licor, salada de batata, salsicha e torta), ter dito na saída: "Cabeça erguida, Kathie, nem todo mundo pensa mal de você por aqui". O consolo escondido nessas palavras era relativo, o que "nem todo mundo" queria dizer? — de qualquer modo, não era "todo mundo". Decidiram ir até a casa dos Blorna e passar o restante da noite lá. Katharina foi terminantemente proibida de mexer um dedo, estava de férias e tinha de relaxar. A sra. Woltersheim foi quem preparou uns pães, enquanto Blorna e Beiters acendiam juntos a lareira. Katharina realmente se permitiu esse "mimo". Mais tarde a atmosfera ficou mesmo agradável, e, se não fosse uma morte e a prisão de uma pessoa muito querida, com certeza teriam arriscado dançar, apesar do adiantado da hora, pois, a despeito de tudo, era carnaval.

Blorna não conseguiu dissuadir Katharina da entrevista a Tötges. Ela se manteve calma e muito gentil, e mais tarde — depois de revelada a natureza da "entrevista" — Blorna, em retrospecto, sentiu um frio na espinha quando lembrou do sangue-frio e da atitude resoluta de Katharina ao insistir na entrevista e da forma como ela havia recusado a sua assistência. E ele ainda não tinha certeza de que, naquela noite, Katharina já estava determinada a cometer um assassinato. Parecia-lhe muito mais provável que o JORNAL DE DOMINGO tivesse sido o estopim. Despediram-se sentindo-se em paz, de novo se abraçaram, dessa vez sem lágrimas, depois de terem ouvido juntos música clássica e popular, e depois de Katharina e Else Woltersheim terem contado um pouco sobre a vida em Gemmelsbroich. Já eram onze e meia da noite quando Katharina, a sra. Woltersheim e Beiters saíram da casa dos Blorna reafirmando sua grande amizade e simpatia, e o casal deu graças por terem voltado das férias a tempo — a tempo de ajudar Katharina. Com a lareira quase apagando, e enquanto tomavam uma garrafa de vinho, os Blorna discutiram novos planos para as férias e o caráter do amigo Sträubleder e de sua esposa, Maud. Quando Blorna pediu à sua mulher que futuramente não usasse mais a expressão "visita masculina" — que reconhecesse ter-se tornado essa uma expressão nevrálgica —, Trude Blorna então respondeu: "Não o veremos tão cedo".

46

Podemos garantir que Katharina passou o restante da noite em tranquilidade. Provou mais uma vez a sua fantasia de beduína, reforçou uma costura e decidiu usar um lenço branco em vez de um véu. Os três ouviram um pouco de rádio, comeram biscoitos e foram descansar: Beiters indo pela primeira vez abertamente para o quarto da sra. Woltersheim, Katharina acomodando-se no sofá.

47

Quando Else Woltersheim e Konrad Beiters levantaram no domingo de manhã, encontraram a mesa do café posta de maneira muito agradável: o café já estava passado na garrafa térmica e Katharina já havia comido, pois acordara com apetite. Ela estava lendo o JORNAL

DE DOMINGO na mesa da sala de estar. Não iremos tecer considerações, apenas fazer quase uma reprodução integral da reportagem. Na verdade, a "história" de Katharina com sua foto já não estava na primeira página. Dessa vez, a capa trazia uma foto de Ludwig Götten com a seguinte manchete: PARCEIRO AMOROSO DE KATHARINA BLUM ENCONTRADO EM MANSÃO DE INDUSTRIAL. A reportagem estava bem mais extensa que o normal, entre as páginas 7 e 9, com várias imagens: Katharina em sua primeira comunhão; seu pai como soldado retornando para casa; a igreja em Gemmelsbroich e mais uma vez a residência dos Blorna. A mãe de Katharina por volta dos 40 anos, um tanto aborrecida, dando a impressão de estar infeliz, em frente à casinha em Gemmelsbroich onde haviam morado, e, por fim, uma foto do hospital no qual a mãe de Katharina veio a falecer na madrugada de sexta-feira para sábado. O texto:

> Pode-se dizer que a primeira vítima comprovada da obscura Katharina Blum, que ainda se encontra em liberdade, foi sua própria mãe, que não sobreviveu ao choque quando soube das atividades da filha. Já era estranho o suficiente que ela estivesse dançando em um baile no maior dos amores com um ladrão e assassino, enquanto a mãe se encontrava no leito de morte. Agora, que ela não tenha derramado uma única lágrima por sua morte, isso já ultrapassa o limite da perversidade extrema. Será que essa mulher é só "fria e calculista"? A esposa de um de seus empregadores, um médico do interior, assim a descreveu: "Ela era um tipo bem vulgar. Tive de dispensá-la para o bem de meus filhos adolescentes, de nossos pacientes e também da reputação do meu marido". Katharina Blum também teria participado dos desvios de dinheiro do famigerado dr. Fehnern? (O JORNAL relatou

esse caso.) Seria seu pai um dissimulado? Por que seu irmão se tornou criminoso? Outra coisa ainda sem explicação: a ascensão social rápida e seus altos rendimentos. O que é líquido e certo: Katharina Blum ajudou o sanguinário Götten a fugir, ela descaradamente fez mau uso da confiança amigável e da prontidão espontânea de um cientista e industrial bastante respeitado. Estão disponíveis no JORNAL informações quase conclusivas: ela não recebia visita de nenhum cavalheiro, mas fazia ela mesma visitas femininas indesejadas para espionar a mansão. As viagens de carro misteriosas de Blum não são mais misteriosas. Sem o menor escrúpulo, ela colocou em jogo o renome de uma pessoa honrada, sua vida familiar feliz, sua carreira política – sobre as quais o JORNAL já fez várias reportagens –, com total indiferença aos sentimentos de uma esposa leal e dos quatro filhos. Está claro que Blum fora designada para destruir a carreira de S. em nome de um grupo de esquerda.

A polícia e a promotoria irão acreditar mesmo no infame Götten, que tentou inocentar Blum totalmente? O JORNAL faz mais uma vez a pergunta: não são os nossos métodos de interrogatório leves demais? Será que pessoas desumanas devem mesmo ser tratadas de forma humana?

Embaixo das fotos de Blorna, da sra. Blorna e da casa:

Foi nessa casa que Blum trabalhou das sete às quatro e meia sem interferência, sem supervisão, com a total confiança do dr. Blorna e da sra. Blorna. O que será que deve ter acontecido ali, enquanto os Blorna, sem suspeitar de nada, dedicavam-se ao trabalho? Ou será que eles tinham, sim, ideia do que se passava? A relação deles com Blum é praticamente familiar, quase íntima. Os vizinhos contaram para os repórteres do JORNAL que era quase uma relação de amizade. Deixemos de lado certas alusões, porque não concernem à questão principal. Ou será que concernem? Qual o papel da sra. Gertrud Blorna, que, ainda hoje, é conhecida nos anais de uma universidade tecnológica conceituada como a "Trude vermelha"? Como Götten conseguiu sair do apartamento de Blum, mesmo com os policiais em seu encalço? Quem conhecia todos os detalhes das plantas do conjunto residencial Moradas Elegantes às Margens do Rio? A sra. Blorna. Em relato ao JORNAL, a vendedora Hertha Sch. e a operária Claudia St. foram unânimes: "A forma como dançaram juntos (Blum e o bandido Götten) era como se já se conhecessem havia muito tempo. Não foi um encontro fortuito, foi um reencontro".

48

Ao ser criticado por já saber da estada de Götten na mansão de Sträubleder desde a noite de quinta-feira, às 23h30, deixando-o quase 48 horas à solta e, com isso, arriscando uma nova fuga, Beizmenne soltou uma risada e disse que, desde quinta-feira, à meia-noite, Götten já não tinha chance alguma de escapar. A casa fica no meio da floresta, idealmente rodeada de mirantes de caça, "como se fossem torres de sentinela"; o ministro do Interior estava bem informado e se manifestou de acordo com todas as medidas. O helicóptero pousou a uma distância inaudível, uma tropa especial colocou-se imediatamente em marcha, dividiram-se nos mirantes de caça e, na manhã seguinte, a polícia local ganhou reforços de mais duas dúzias de policiais, distribuídos com toda discrição. O mais importante era observar as tentativas de contato de Götten, e o risco mostrou-se justificado com o êxito. Ele entrou em contato com cinco pessoas. Primeiro elas tiveram de ser apreendidas e detidas, e suas casas vasculhadas antes que Götten fosse detido. A polícia só o capturou quando já não tinha contatos a fazer e depois de ele ter sido leviano e atrevido por se julgar seguro de não estar sendo observado de fora. Alguns detalhes importantes eles deviam aos repórteres do JORNAL, à sua editora e aos órgãos ligados à empresa que tinham métodos mais flexíveis e nem sempre convencionais para descobrir esses detalhes, que se mantinham ocultos aos investigadores policiais. Foi assim que, por exemplo, descobriu-se que o passado da sra. Woltersheim não era uma página em branco, como também não era o da sra. Blorna. Woltersheim nasceu em 1930 como filha ilegítima de uma operária em Kuir. A mãe ainda vive, e onde? Na Alemanha comunista, e por vontade própria. Várias vezes lhe foi ofertada a possibilidade de voltar para Kuir, onde possuía uma casinha e quase 1 acre de terreno — primeiro em 1945, depois em 1952 e ainda uma vez em 1961, pouco antes da construção do muro. Nas três vezes ela recusou, categórica. Ainda mais interessante é o pai de Woltersheim, um certo Lumm, também operário, e membro do antigo Partido Comunista Alemão, que em 1932 emigrou para a União Soviética e lá teria supostamente desaparecido. Beizmenne supõe que não seja possível encontrar esse tipo de desaparecido nas listas de pessoas desaparecidas das forças armadas alemãs.

49

Sempre existe a possibilidade de determinados indícios, relativamente evidentes, sobre o desenrolar dos acontecimentos não terem sido notados, ou de serem mal compreendidos; por isso, é preciso sublinhar o seguinte: o JORNAL, cujo repórter Tötges sem dúvida causou a morte precoce da mãe de Katharina, apresentou Katharina, no JORNAL DE DOMINGO, como culpada da morte da mãe e, além disso, acusou-a — mesmo que de forma mais ou menos velada — de ter roubado a chave da casa de campo de Sträubleder! É necessário enfatizá-lo, pois nunca se pode ter certeza de nada, tampouco de como toda difamação, mentira e distorções do JORNAL foram de fato percebidas como tal.

Tomemos Blorna como exemplo para entender *até que ponto* o JORNAL pode surtir efeito sobre pessoas bastante racionais. É claro que, no bairro onde moram os Blorna, o JORNAL DE DOMINGO não é vendido. Lá se leem coisas mais nobres. Foi só ao meio-dia — quando ligou para a sra. Woltersheim — que Blorna soube do artigo do JORNAL DE DOMINGO. Até então acreditava que tudo já tinha ficado para trás e apenas esperava, um pouco apreensivo, o resultado da entrevista de Katharina com Tötges. Woltersheim achava que Blorna certamente já teria lido o JORNAL DE DOMINGO. A essa altura, espera-se que o leitor já tenha percebido que Blorna era uma pessoa sóbria, ainda que cordial e sinceramente preocupado com Katharina. Quando ele pediu à sra. Woltersheim que lesse por telefone as passagens correspondentes do JORNAL DE DOMINGO, não acreditou no que seus ouvidos estavam ouvindo, como se costuma dizer. Ele pediu que ela lesse mais uma vez, teve de acreditar, e aí perdeu as estribeiras, como se diz. Gritou, esbravejou, procurou por uma garrafa vazia na cozinha, encontrou, correu até a garagem, onde por sorte sua mulher interveio, impedindo-o de fazer um coquetel-molotov, que ele queria jogar na redação do JORNAL e, depois, um outro na casa de Sträubleder na cidade. Imaginem: um homem estudado, de 42 anos, que havia sete anos tinha toda a consideração de Lüding e o respeito de Sträubleder por causa da forma clara e sóbria com que sempre conduzia seus negócios – e isso no âmbito internacional, tanto no Brasil e na Arábia Saudita como no Irlanda do Norte –, ou seja, não se tratava de maneira alguma de uma pessoa provinciana, mas de um cosmopolita nato, e era justamente *ele* quem queria fazer coquetéis-molotovs!

Sem pestanejar, a sra. Blorna explicou o ato como anarquismo romântico, espontâneo e pequeno-burguês; esconjurou a ideia com a veemência de quem esconjura uma parte doente ou ferida do corpo. Pegou ela mesma o telefone e pediu à sra. Woltersheim que lesse as passagens correspondentes, e é preciso dizer: ela ficou bastante pálida, até ela, e fez algo que talvez fosse pior que um coquetel-molotov. Pegou o telefone, ligou para Lüding (que nessa hora estaria debruçado sobre os seus morangos *com* chantilly *e* sorvete de baunilha) e disse-lhe, simplesmente: "Seu porco, seu cachorro miserável". Não se identificou, mas é possível pressupor que todos os amigos de Blorna conhecessem a voz de sua mulher, cuja má fama se devia às suas observações precisas e afiadas. E, mais uma vez, seu marido achou que ela foi longe demais – acreditando que ela tivesse telefonado para Sträubleder. Então vieram os desentendimentos, até mesmo entre os Blorna, entre os Blorna e os outros, mas, como ninguém foi morto por causa disso, vamos passar por cima dos fatos. Só mencionamos tais consequências irrelevantes, ainda que deliberadas, do JORNAL DE DOMINGO para mostrar o quanto até mesmo pessoas ilustradas e estabelecidas ficam revoltadas e chegam a considerar atos de violência dos mais grosseiros.

Sabe-se que, depois de Katharina ter-se demorado uma hora e meia no ponto de encontro dos jornalistas, o restaurante Zur Goldente, sem ser reconhecida, e provavelmente coletado informações sobre Tötges, ela deixou o local — por volta do meio-dia — e ficou em sua casa esperando Tötges, que chegou uns quinze minutos depois. Não é preciso dizer nada sobre a "entrevista". Sabemos qual foi o desenlace (ver a página 7).

50

Para se certificar da veracidade da surpreendente informação do padre de Gemmelsbroich — surpreendente para *todos* os envolvidos — de que o pai de Katharina teria sido um comunista disfarçado, Blorna fez uma viagem de um dia para essa cidadezinha. Antes de tudo: o padre confirmou sua declaração, admitiu que o JORNAL o citou literalmente; não poderia apresentar nenhuma prova de suas afirmações, também não queria, disse. Não *precisava* de provas, sempre podia confiar no seu faro e, para ele, Blum tinha cheiro de comunista. Não quis definir o seu faro, tampouco cooperou quando Blorna lhe pediu que explicasse, se não a definição de seu faro, ao menos *como* seria o cheiro de um comunista, *como* um comunista cheirava, e eis que — infelizmente temos de dizer — o padre ficou um tanto rude e perguntou a Blorna se ele era católico; ao ouvir a afirmativa, recordou-lhe seu dever de obediência, o que Blorna não entendeu. É claro que, a partir daí, teve dificuldades com suas investigações sobre os Blum, que pareciam não ter sido benquistos. Ouviu coisas desagradáveis sobre a falecida mãe de Katharina, que, de fato, havia esvaziado *uma* garrafa de vinho da sacristia em companhia do sacristão demitido. Ouviu coisas desagradáveis sobre o irmão de Katharina, que teria sido um verdadeiro incômodo. Entretanto, a única coisa que poderia comprovar o comunismo do pai de Katharina – isso teria ocorrido no ano de 1949, em um dos sete bares da cidade – teria sido a seguinte frase dita por ele ao agricultor Scheumel: "O socialismo não é de jeito nenhum a pior coisa". Nada mais que isso. Ao fim de suas investigações malfadadas na cidadezinha, o único fruto colhido por Blorna foi ter sido ele mesmo não insultado, mas rotulado de comunista, e, para sua surpresa mais doída, logo por uma senhora que até aquele momento havia se mostrado um tanto solícita, até mesmo quase simpática: a professora aposentada Elma Zubringer, que, ao se despedirem, deu-lhe um sorriso sarcástico, uma piscadela e disse: "Por que o senhor não admite que também é um deles – e sobretudo sua mulher?".

51

Infelizmente não é possível ocultar uma ou outra ação violenta ocorrida enquanto Blorna se preparava para o julgamento de Katharina. O maior erro cometido por ele foi ter assumido também a defesa de Götten, a pedido de Katharina, e insistir na tentativa de obter permissão de visita para ambos, alegando que eram noivos. Tal noivado teria ocorrido bem naquela noite fatídica de 20 de fevereiro e na madrugada seguinte etc. etc. Pode-se muito bem imaginar tudo o que o JORNAL escreveu sobre ele, Götten, Katharina e a sra. Blorna. Não é preciso mencionar ou citar tudo. Certas transgressões ou desvios de nível devem acontecer apenas quando forem necessários, e aqui não o são, porque nesse meio-tempo já conhecemos bem o JORNAL. Espalharam um boato de que Blorna queria se divorciar, um boato que não tinha nenhum fundamento, mas que, mesmo assim, disseminou a desconfiança entre o casal. Afirmaram que a situação financeira dele era grave, o que foi prejudicial, pois era verdade. De fato, ele estava com um peso nas costas, porque havia se tornado como que fiduciário do apartamento de Katharina, que estava difícil de alugar e de vender, pois o consideravam "manchado de sangue". De qualquer modo, o preço caiu e Blorna ao mesmo tempo teve de pagar amortização, juros etc. em montantes que em nada se reduziam. Houve até mesmo os primeiros indícios de que a Haftex, no que se referia ao seu complexo habitacional Moradas Elegantes às Margens do Rio, considerava abrir uma ação por perdas e danos contra Katharina Blum, porque ela havia prejudicado o valor social, de aluguel e de negócios daquele empreendimento. Podemos imaginar o tamanho do problema, um problema e tanto. Uma tentativa de demitir a sra. Blorna da empresa de arquitetura, por ela ter revelado segredos industriais da empresa ao ter mostrado a Katharina a planta do conjunto habitacional, foi rejeitada em primeira instância, mas não se sabe ao certo qual será a decisão da segunda e da terceira instâncias. E ainda: o segundo carro deles já foi vendido, e recentemente foi publicada no JORNAL uma foto do luxuoso *coupé* dos Blorna com a seguinte legenda: "Quando é que o advogado vermelho vai comprar um carro popular?".

52

As relações de Blorna com a Lüstra evidentemente sofreram um abalo, se é que não foram rompidas. Ainda estão falando em "arranjos finais". De todo modo, há pouco ele ouviu de Sträubleder, por telefone: "Não vamos deixar vocês passarem fome", e o surpreendente para Blorna foi ele ter dito "vocês", e não "você". Continuou trabalhando para a Lüstra e a Haftex, só não mais em nível internacional, nem mesmo nacional, apenas raramente regional e, na maior parte das vezes, em nível local, o que significa ter de ficar às voltas com casos de quebra de contrato e querelas de pessoas que alegam terem lhes prometido revestimentos de mármore quando só foi instalado, em seus imóveis, ardósia de Solnhofen, ou daqueles a quem haviam sido prometidas três camadas de verniz especial nas portas do banheiro e que raspam a pintura com a faca e contratam avaliadores que constatam a presença de apenas duas camadas; torneiras de banheira que ficam pingando e lixeiras comuns com defeito que servem de ocasião para o descumprimento dos pagamentos acordados em contrato – esses são os casos agora repassados a ele, ao passo que, antes, ele ficava fora do país, entre Buenos Aires e Persépolis, não exatamente o tempo todo, mas com relativa frequência, a fim de contribuir para o planejamento de grandes projetos. No serviço militar, isso se chama "rebaixamento", o que na maioria das vezes está ligado a disposições humilhantes. Consequência: ainda não há úlcera estomacal, mas o estômago de Blorna começa a dar sinais. O pior é ele ter feito investigações por conta própria em Kohlforstenheim para tentar descobrir com o chefe da polícia local se, quando Götten foi preso, a chave estava do lado de fora ou de dentro ou se foram encontrados indícios de que Götten havia invadido a casa. Por que isso, se as investigações estavam encerradas? Não se pode negar que algo assim de modo algum cura suas úlceras estomacais, se bem que Hermann, o chefe da polícia, foi gentil com ele e não o acusou de comunista, mas o aconselhou a não se meter com aquilo. Blorna tinha um consolo: sua mulher estava cada vez mais afetuosa com ele, ainda tinha a língua afiada, só não a usava contra ele, apenas contra os outros, talvez até contra todos. O plano de vender a casa, quitar as dívidas do apartamento de Katharina, comprando-o, e mudarem-se para lá não vingou por causa do tamanho, ou seja: por ser pequeno, pois Blorna tem intenção de fechar o seu escritório na cidade e passar a resolver suas pendências em casa. Ele, considerado um liberal *bon-vivant*, um colega benquisto, que tinha prazer de viver e dava as melhores festas, começa a mostrar feições ascéticas e a negligenciar as roupas, para as quais costumava dar valor, e como as está *realmente* negligenciando, e não só no quesito moda, alguns colegas até mesmo afirmam que ele não está dando a mínima para os cuidados pessoais e começa a cheirar mal. Não dá para ter muitas esperanças com relação a uma nova carreira para ele, pois de fato — e aí não podemos ocultar nada, nada mesmo — seu odor corporal não é mais o de antes, o de um homem que, de manhã, desperta animado e corre para debaixo do chuveiro, e se enche de sabonete, desodorante e água-de-colônia. Em suma: uma mudança considerável está ocorrendo nele. Os amigos — ele ainda tem alguns, entre eles Hach, com quem, fora isso, mantém relações profissionais nos casos de Ludwig Götten e Katharina Blum — estão preocupados, especialmente porque sua agressividade — como a dirigida ao JORNAL, que volta e meia menciona Blorna em notas curtas — não está mais sendo extravasada, mas claramente engolida. Os amigos estão tão preocupados que pediram a Trude Blorna que observasse, sem ser percebida, se Blorna está adquirindo armas ou fazendo dispositivos explosivos caseiros, pois Tötges tem um sucessor que, sob o nome de Eginhard Templer, está dando continuidade ao seu trabalho, por assim dizer; esse Templer conseguiu fotografar Blorna entrando em uma casa de penhor; depois claramente tirou fotos através de uma vitrine para mostrar a seus leitores do JORNAL as negociações entre Blorna e o penhorista: ali se negociava o valor de um anel que o penhorista analisava com uma lupa. Legenda da foto: "Será que as fontes 'vermelhas' estão secando ou ele está fingindo que está passando necessidade?".

53

A maior preocupação de Blorna é convencer Katharina a declarar, durante o julgamento, ter tomado a decisão de se vingar de Tötges só no domingo de manhã, e de modo algum ter tido a intenção de matar, apenas de dar um susto. E que, quando convidou Tötges para a entrevista, no sábado, a intenção era dar a ele sua opinião certeira e chamar-lhe a atenção para o que ele tinha causado em sua vida e na de sua mãe, mas que não tinha intenção de matá-lo, nem no domingo nem depois da leitura do artigo do JORNAL DE DOMINGO. Era preciso evitar a impressão de que Katharina tivesse planejado o assassinato por dias a fio e o executado conforme o previsto. Ela alega ter tido *ideias assassinas* já na quinta-feira, depois da leitura do primeiro artigo; ele tenta esclarecer a ela que as pessoas — também ele — às vezes têm ideias assassinas, mas que é necessário distinguir entre ideias assassinas e premeditação de assassinato. O que o deixa inquieto é Katharina continuar não demonstrando arrependimento, pois assim ela também não poderia demonstrá-lo diante da corte. Ela não está nem um pouco deprimida, e sim de certa forma feliz, porque está vivendo "nas mesmas condições do meu querido Ludwig". Ela vem sendo considerada uma prisioneira exemplar; trabalha na cozinha e, se o julgamento continuar sendo protelado, será deslocada para o setor de gerência da casa. Pode-se bem perceber, no entanto, que ela não é esperada lá com entusiasmo: a administração e os presos temem que sua fama precedente de extrema correção e a perspectiva de que Katharina se ocupe da organização econômica da casa ao longo de toda a sua pena — especula-se que serão requeridos quinze anos e que receba a pena de oito a dez anos —, que tudo isso se espalhe pelo presídio como notícia aterrorizante. Bem se vê: extrema correção, atrelada a inteligência de planejamento, não é benquista em lugar algum, nem mesmo em prisões e pela administração.

54

Como Hach informou a Blorna em confiança, a acusação de assassinato contra Götten provavelmente não poderá ser mantida e, portanto, sequer levantada. Está, isso sim, evidenciado que ele não só desertou do exército como, além disso, causou prejuízos consideráveis a essa instituição venturosa (também no quesito material, não só moral). Não apenas assalto a banco, mas pilhagem total de um cofre contendo o soldo de dois regimentos e reservas consideráveis de dinheiro; fora isso, falsificação de balanço e roubo de armas. Tem-se a expectativa de que também ele receba de oito a dez anos de pena. Quando solto, terá em torno de 34, e Katharina, 35, e, sim, ela tem planos para o futuro: conta com altos rendimentos de seu capital até a soltura e quer abrir um "restaurante com serviço de *catering*" não aqui, evidentemente, mas "em algum lugar". E, se é possível considerá-la noiva de Götten, isso não será decidido em escalão maior, e sim no mais alto. Existem petições correspondentes a isso e estão percorrendo um longo percurso pelas instâncias. A propósito, com relação aos contatos telefônicos de Götten ocorridos na mansão de Sträubleder, trata-se única e exclusivamente de membros do exército ou de suas esposas, entre eles oficiais e esposas de oficiais. Contamos com um escândalo de magnitude moderada.

55

Enquanto Katharina, com liberdade restrita, encara o futuro quase sem preocupações, Else Woltersheim encontra-se a cada dia mais abalada. Muito lhe afetou o fato de terem difamado sua mãe e seu pai falecido, até então considerado, isso sim, vítima do stalinismo. É possível perceber tendências de forte hostilidade social em Else Woltersheim que nem Konrad Beiters está conseguindo minimizar. Como Else acabou se especializando em bufês de frios, no que concerne a planejamento, elaboração e monitoramento, ela está dirigindo sua agressividade cada vez mais aos convidados desses eventos, sejam eles jornalistas, industriais, funcionários de sindicato, banqueiros ou diretores, estrangeiros ou não. "Às vezes", disse ela outro dia a Blorna, "tenho de fazer um esforço homérico para não jogar uma tigela de salada de batata no smoking de algum *bon-vivant* qualquer ou um prato de salmão no decote de uma cocota petulante para que finalmente fiquem estremecidos. Uma hora eles têm de se colocar no lugar do outro, em nosso lugar: o jeito que ficam com suas bocas arreganhadas, ou melhor, com seus focinhos devoradores, e, claro, como começam caindo em cima do caviar – e tem aqueles que, eu sei, são milionários ou mulheres de milionários e enfiam cigarros, caixas de fósforos e *petits fours* em suas bolsas. Logo trazem uns sacos plásticos onde jogam pó de café – e tudo isso pago por nossos impostos, de uma forma ou de outra. Tem também aqueles que não tomam café da manhã ou almoçam e avançam no bufê como urubus – mas é claro que não quero ofender os urubus".

56

Até agora sabe-se que houve um ato de violência física que infelizmente ganhou muita publicidade. Durante a abertura de uma exposição do pintor Frederick Le Boche, que tem Blorna como mecenas, o advogado voltou a encontrar Sträubleder pessoalmente, e quando este se aproximou, radiante, Blorna não quis apertar sua mão, mas Sträubleder, sim, apertou a de Blorna e sussurrou: "Meu Deus, não leve isso tão a sério, não estamos deixando vocês decaírem – você é que infelizmente está se deixando decair", então, é lamentável porém necessário relatar de maneira correta que, nesse momento, Blorna de fato arrebentou a cara de Sträubleder. Vamos ser rápidos para também esquecermos rápido: escorreu sangue do nariz de Sträubleder, segundo estimativas dos presentes, algo como entre quatro e sete gotas, e o pior foi que Sträubleder recuou, dizendo: "Eu perdoo você, eu perdoo tudo – em vista da sua condição emocional". E como essa observação pareceu ter sido a gota d'água para Blorna, ocorreu algo que testemunhas oculares descreveram como "uma briga", e, como costuma acontecer quando pessoas como Sträubleder e Blorna estão em público, estava presente também um fotógrafo do JORNAL, um certo Kottensehl, sucessor do assassinado Schönner, e por isso talvez possamos ficar ressentidos com o JORNAL – seu caráter nesse ínterim já nos é conhecido – pelo fato de ter publicado a foto da briga com a seguinte legenda: "Político conservador violentamente atacado por advogado de esquerda". Evidentemente isso só saiu na manhã seguinte. Durante a exposição ocorreu, ainda, um enfrentamento entre Maud Sträubleder e Trude Blorna. "É de você que tenho pena, cara Trude", ao que Trude B. respondeu a Maud S.: "Pode guardar a sua pena de volta na geladeira, onde você guarda todos os seus sentimentos". E quando Maud S. ainda voltou a oferecer perdão, indulgência, compaixão, quase que até amor, dizendo: "Nada, nada mesmo, nem mesmo seus comentários corrosivos são capazes de diminuir minha simpatia", Trude respondeu com palavras que não podem ser reproduzidas aqui, apenas reportadas de maneira sintética. Não foram palavras dignas de uma dama as que Trude B. usou para aludir às várias tentativas de abordagem de Sträubleder em relação a ela e, entre outras coisas – em violação de deveres aos quais também a esposa de um advogado está submetida –, ao mencionar o anel, as cartas e a chave que o "seu galanteador sempre rejeitado deixou em um certo apartamento". Então as senhoras foram apartadas por Frederick Le Boche, que tivera presença de espírito e não pôde deixar de apanhar o sangue de Sträubleder com um mata-borrão e transformá-lo em uma "*one minute piece of art*" – como ele chamou –, deu o título de "Fim de uma amizade de anos", assinou e não ofereceu de presente a Sträubleder, mas a Blorna, com as seguintes palavras: "Use para melhorar um pouco o seu caixa". É possível reconhecer nesse último fato mencionado, junto aos atos violentos descritos antes, que a arte realmente ainda tem uma função social.

57

É realmente lamentável que agora, quando o fim de nosso relato se aproxima, tenhamos tão pouca harmonia e tão pouca esperança de que ela possa existir. O resultado de tudo não foi nenhuma integração, e sim confronto. Naturalmente, a questão precisa ser colocada: por quê? Eis que uma jovem, alegre, quase feliz, sai para uma noite inofensiva para dançar e quatro dias depois — e como aqui não há julgamento, e sim o mero relato, permanecemos na descrição dos fatos — ela se torna assassina, e isso, se olharmos com atenção, por causa de notícias de jornal. Vemos conflitos e tensões, por fim atos de violência física entre dois homens, amigos de longa data. Comentários afiados de suas esposas. Compaixão recusada, amor rejeitado. Desdobramentos bastante desagradáveis. Um homem alegre, cosmopolita, que ama a vida, viagens, luxo, passa a se negligenciar de tal maneira que exala mau cheiro do corpo! Até mau hálito foi percebido nele. Coloca a casa à venda, procura um penhorista. A esposa procura "outra coisa para fazer", porque está certa de que irá perder na segunda instância; até está disposta, essa mulher talentosa, a voltar para uma grande fábrica de móveis como a melhor vendedora e o título de "consultora de arquitetura de interiores", mas lá eles têm de lhe dizer "que os círculos nos quais costumamos vender são exatamente aqueles, caríssima senhora, com os quais a senhora rompeu". Resumindo: as perspectivas não são boas. O promotor público Hach já sussurrou aos amigos, em confiança, o que ainda não teve coragem de dizer ele mesmo a Blorna: que ele será recusado como advogado de defesa possivelmente por causa de conflito de interesses. Qual será o resultado disso? Como isso vai terminar? O que será de Blorna se ele não tiver mais a possibilidade de visitar Katharina e — já não podemos mais esconder! — segurar suas mãozinhas? Não resta dúvida: ele a ama, ela não, e ele não tem a menor esperança, porque tudo, tudo pertence ao seu "querido Ludwig"! E é preciso acrescentar que "segurar as mãozinhas" é uma questão absolutamente unilateral, que ele, quando Katharina passa-lhe os autos ou anotações ou anotações de autos, deixa suas mãos sobre as dela mais tempo do que o normal, algo entre três, quatro, no máximo cinco décimos de segundo. Maldição, como pintar aqui um quadro de harmonia, se nem sua profunda afeição por Katharina lhe dá ocasião para tomar banho com mais frequência — vamos dizer de uma vez. Não lhe serve de consolo nem o fato de ele, só ele, ter descoberto a origem da arma usada no assassinato — o que Beizmenne, Moeding e seus ajudantes não conseguiram descobrir. "Descobrir" é um exagero, trata-se de uma confissão voluntária de Konrad Beiters, que teve oportunidade de admitir ter sido nazista, e graças a isso provavelmente é que não se chamou atenção sobre ele. É isso, ele foi um líder político em Kuir e pôde fazer algo pela mãe da sra. Woltersheim, e a pistola era uma arma antiga que ele guardava escondida, mas, por burrice, às vezes mostrava a Else e Katharina. Uma vez foram os três para a floresta e fizeram treino de tiro; Katharina mostrou-se uma excelente atiradora e chamou a atenção dele para o fato de que, quando menina, foi garçonete na Sociedade de Tiro e às vezes tinha permissão de dar uns tiros lá. Na noite de sábado, Katharina pediu a chave do apartamento dele, argumentando que não podia mais voltar ao seu apartamento, pois o lugar estava acabado para ela, acabado... Ainda assim, ela ficou com Else no sábado e deve ter pego a pistola em seu apartamento no domingo, depois do café da manhã e da leitura do JORNAL DE DOMINGO, quando saiu, vestida de beduína, para o bar dos jornalistas.

58

No fim, ainda resta relatar algo nem tão desagradável: Katharina contou para Blorna as circunstâncias do crime, como ela passou as sete ou seis horas e meia entre o assassinato e o encontro com Moeding. Temos a sorte de poder citar de forma literal essa descrição, pois Katharina entregou tudo por escrito e deixou para Blorna usar no processo.

"Só fui para o ponto de encontro dos jornalistas para observá-lo um pouco. Queria saber a aparência de uma pessoa como essa, seus gestos, como ela fala, bebe, dança – essa pessoa que destruiu a minha vida. Sim, fui antes ao apartamento de Konrad e peguei a pistola, eu até a carreguei. Fiquei olhando com atenção quando fomos atirar na floresta. Esperei no bar uma hora e meia, duas horas, mas ele não veio. Tinha planejado que, se ele fosse muito asqueroso, não iria dar a entrevista, e, se o tivesse visto antes, também não teria ido lá. Mas ele não foi para o bar. Para facilitar, pedi ao dono, que se chama Kraffluhn, Peter, eu o conheço de meus trabalhos extras, onde às vezes ele atua como *maître* –, pedi a ele que me deixasse ajudá-lo no bar, atrás do balcão. Claro que Peter sabia de tudo que estava saindo no JORNAL sobre mim, e ele me prometeu que daria um sinal caso Tötges aparecesse. Algumas vezes, até porque era carnaval, deixei que me convidassem para dançar, mas como Tötges não chegava comecei a ficar nervosa, não queria ser pega de surpresa por ele. Então fui para casa à meia-noite e me deu nojo ficar naquele apartamento sujo e encardido.

Tive de esperar só uns poucos minutos, até que tocou a campainha, foi o tempo suficiente para destravar a pistola e guardá-la na bolsa, de modo que ficasse à mão. Sim, tocou a campainha, e ele já estava na porta quando a abri, pensei que tinha tocado lá de baixo, e eu ainda teria alguns minutos, mas ele já tinha subido de elevador e lá estava na minha frente, levei um susto. Logo vi que era um porco, um verdadeiro porco. E bonito ainda. O que as pessoas costumam considerar bonito. O senhor viu as fotos. Ele disse: 'Então, florzinha, o que nós dois vamos fazer agora?'. Não falei nada, recuei para a sala de estar, ele veio vindo na minha direção e falou: 'Por que você está me olhando com essa cara, minha florzinha — que tal agora a gente meter?'. Nisso eu já estava com a minha bolsa, e ele já estava roçando a minha roupa, pensei: 'Sim, vou meter é uma bala na sua cabeça', saquei minha pistola e atirei nele. Duas, três, quatro vezes. Não sei mais com certeza. O senhor pode consultar o relatório da polícia para saber quantas vezes. Não pense que me é algo novo um homem querer encostar a mão em mim — você se acostuma, desde os 14 anos, e até mais cedo, trabalhando em casa de família. Mas *aquele* cara — e depois 'meter', daí pensei: bem, agora meto bala. Claro que ele não tinha contado com aquilo, ainda ficou me olhando por meio segundo, com muito espanto, como no cinema, quando alguém leva um tiro do nada. Então ele caiu, achei que estivesse morto. Joguei a pistola do lado dele e saí, desci de elevador e voltei para o bar, e Peter ficou surpreso, pois eu mal tinha ficado uma hora fora. Continuei trabalhando no balcão, não dancei mais e fiquei pensando, todo o tempo, 'não pode ser verdade', mas sabia que era verdade. Às vezes Peter vinha até mim e falava: 'Acho que seu camarada não vem hoje', e eu dizia: 'É o que parece'. E me fazia de indiferente. Servi destilados até às quatro, chopes, abri garrafas de espumante e servi salgados. Depois fui embora, sem me despedir de Peter. Primeiro fui a uma igreja ali do lado, fiquei sentada lá uma meia hora, talvez, e pensei na minha mãe, naquela vida miserável e amaldiçoada que ela teve, e também no meu pai, que só ficava se lamuriando, sempre, o tempo todo, e xingava o Estado e a Igreja, as repartições e os funcionários, os oficiais e tudo, mas bastava chegar perto de um deles que já rastejava, quase choramingava de tanta submissão. E no meu esposo, Brettloh, naquelas barbaridades todas que ele havia contado para Tötges; no meu irmão, evidente, que só ficava atrás do meu dinheiro quando eu ganhava um troco, e o tomava de mim para alguma bobagem, roupas ou motos ou cassinos, e também no padre, que só me chamava na escola de 'nossa Katharininha vermelha', e eu não tinha a menor ideia do que ele estava falando, e a turma toda ria, porque de fato eu acabava ficando vermelha. É. E claro que também no Ludwig. Daí saí da igreja e fui para o primeiro cinema que encontrei, saí de lá e entrei em outra igreja, porque esse era o único lugar no domingo de carnaval em que se podia ter um pouco de sossego. Pensei também no morto, lá, no meu apartamento. Sem me arrepender, sem lamentar. Ele quis meter, e eu meti uma bala nele, ué! E por um momento me ocorreu que ele devia ser o cara que me ligava no meio da noite e que perturbou a pobre Else durante algum tempo. Pensei: era essa a voz, e pensei que podia tê-lo deixado tagarelar um pouco para ver se confirmava, mas de que isso teria me adiantado? De repente senti vontade de tomar um café forte e fui até o Café Bekering, mas não fiquei onde os clientes ficam, e sim na cozinha, porque conheço Käthe Bekering, esposa do proprietário, da escola de economia doméstica. Käthe foi bem simpática comigo, embora tivesse muito que fazer. Ela me deu uma xícara de seu próprio café, que ela prepara como no tempo das avós: coado. Mas daí ela começou com a chateação do JORNAL, até que foi simpática, mas de um jeito que fazia parecer que ela acreditava um pouco naquilo – pois como é que as pessoas iam saber que tudo era mentira? Tentei explicar, mas ela não entendeu, só ficou dando umas piscadelas e dizendo: 'E você ama mesmo esse rapaz?', e eu respondi: 'Sim'. Depois agradeci o café, peguei um táxi e fui procurar Moeding, que antes tinha me tratado com tanta gentileza."

Dez anos depois
HEINRICH BÖLL

Há o rumor persistente de que esta *narrativa* seria um *romance* de terroristas; recentemente um conceituado professor catedrático de informática deu continuidade ao rumor: é evidente que também ele teme se *informar*; então seria necessário nos perguntarmos: como um informático se informa? Do "ouvir falar", de segunda, terceira ou mesmo de sexta mão? Claro que não estou querendo pedir a ninguém que leia esta narrativa, mas se um contemporâneo, com a tamanha responsabilidade de um informático, que *ensina* informática, manifesta-se sobre um tema, ele precisaria, sim, ser capaz de se informar. Nesta narrativa não há sequer um único terrorista, homem ou mulher; o que há, no entanto, são os *suspeitos* de terrorismo, e é de minha humilde opinião que também um informático deveria ser capaz de reconhecer a diferença entre um suspeito e um condenado. Quem tiver condições de se recordar de algo ocorrido dez anos atrás irá se lembrar dos anos em que um certo JORNAL disseminou calúnias e difamações, o mesmo JORNAL que chamou dúzias de pessoas de assassinas, contra quem nunca se comprovou um único assassinato.

Há pouco tempo, nosso atual secretário das Famílias teve de fazer uma retratação sobre uma informação desse jornal, que tem uma semelhança diabólica com o

JORNAL. É só quando surgem problemas com jornais que os políticos percebem o tipo de imprensa com o qual se envolvem – e mesmo assim continuam se envolvendo. De fato, é um desperdício de tempo gastar uma palavra a mais com certos jornais.

Gastar minhas palavras com esta narrativa? Quero tentar. Dez anos é um tempo longo. Há muito que eu teria me esquecido deste panfleto disfarçado de narrativa, não fossem informáticos completamente desinformados volta e meia me lembrarem disso. Trata-se de um panfleto, de uma controvérsia, e como tal foi pensado, planejado e executado, e justo os ocidentais, dotados de formação humanista, deveriam saber que os panfletos pertencem à melhor tradição ocidental. Eu também sou do Ocidente e até, indiretamente, tenho certa formação humanista. Enfim, é possível que eu tivesse me esquecido desse panfleto contra o JORNAL disfarçado de narrativa, não fosse de quando em quando lembrado, de uma maneira completamente acusatória – e não só pela "direita" como também pelos que pensam ser da "esquerda" –, de que eu escrevi este *romance* de terroristas (que não o é de jeito nenhum – não é nem um romance nem aparecem nele terroristas). Os de "direita" de qualquer modo estão sempre aborrecidos, os de "esquerda" se aborrecem porque o romance "mostra" uma época em que tínhamos um governo de esquerda pela metade (ou seria um pseudogoverno-de-esquerda pela metade?). Tenho uma acusação a fazer a mim mesmo: a de que este livro é quase inofensivo. Ele não passa de uma história de amor, com um "enredo" (do inglês, e formulado com mais simplicidade, "*plot*") de romance trivial: uma "moça simples" (ah, tivesse eu conhecido uma pessoa *simples*, até hoje nunca conheci!), a melhor doméstica do mundo, se apaixona por alguém que, depois, descobre estar sendo procurado pela polícia. E, seguindo o seu caráter, ela teria se apaixonado por ele, mesmo que soubesse de antemão que ele estava sendo procurado pela polícia. Isso existe. O amor é de fato uma coisa danada e estranha. Existem mulheres que amam criminosos não porque sejam criminosos, mas apesar de serem criminosos. Fato danado, que não agrada e é evidente ao JORNAL, que só ama seus próprios delitos e distorce tal fato. O JORNAL é tão saturado de mentiras que até um fato não distorcido pareceria uma inverdade. Em suma: ele joga na lama até a verdade se ela é reproduzida por ele "conforme a verdade". Se escrevessem AS ROSAS VOLTAM A FLORESCER eu ficaria em dúvida, mesmo que estivesse diante de um canteiro de rosas se abrindo. O dito "Não se acredita em quem mente uma vez, mesmo se estiver falando a verdade" precisaria mudar nesse caso: "Não acredito em quem mente mil vezes, mesmo se *uma vez* estiver falando a verdade". No caso das rosas que *de fato* estejam florescendo, seria lamentável para essas flores realmente belas, porque têm de servir de álibi para a mentira.

Katharina Blum, que não sabia muito de amor, essa pessoa esforçada, eficiente, totalmente despolitizada, que se encontra em pleno *desenvolvimento* em termos econômicos — e isso por força e planejamento próprios —, de fato a personificação do milagre econômico, dona de carro, apartamento e uma poupança, volta seus olhos para Ludwig Götten e gosta dele. Mulheres que lançam o olhar sobre alguém não andam sempre com todas as fichas criminais atualizadas na bolsa, também não ficam carregando por aí um código penal, nem civil. Tanto pior se o amor é correspondido! Todos sabem como cresce a chama "quando dois se amam". E Götten, ele sim um delinquente — fraudador e desertor —, é mesmo "capaz de amar"! Conflitos (ver o curso da narrativa!) são inevitáveis, especialmente porque essa "moça simples" (onde estão elas, onde?) possui duas malditas qualidades, que são louvadas em todas as lendas e contos de fadas, FIDELIDADE e ORGULHO. A situação não apenas é mais carregada de conflito, ela se torna explosiva. Dinamites se espalham por todos os lados e o JORNAL, essa grande língua mentirosa e destruidora, que tanto passa informações para a polícia como dela as recebe (isso existe e, durante tais trocas, trivialidades risíveis tornam-se motivos de suspeita), logo avança com manchetes, suspeitas, difamações, infâmias; aí não floresce rosa alguma, a "moça simples", que nesse ínterim realmente tornou-se punível ao ajudar seu amor a fugir, perde a honra, a dignidade. Ela não só o ajuda a fugir, entrega-lhe também a chave para um esconderijo que um conhecido qualquer tinha deixado, um sujeito que corria atrás dela em vão e, para piorar, havia lhe dado de presente um anel caro e fatídico, porque ele — em vão, esse covarde! — tinha esperanças de um encontro. Como ela chegou até essa chave, isso é um romance policial dentro de outro romance policial. Katharina — e de novo aparece o romance trivial! — tornou-se "punível por causa do amor". Isso existe. Trata-se de um motivo recorrente na literatura policial. E como o JORNAL não tem pejo de atribuir a ela a morte da mãe e o repórter não consegue entender por que ela ficou tão brava com ele, ela acaba explodindo. De todo modo, ele a tornou famosa e aí seria possível a todos "tirar proveito" de sua história, ou seja: depois de terem acabado com ela, daí sim tornou-se possível publicar sua "verdadeira" história, que, é óbvio, soaria tão falsa quanto tudo que é "verdade" no JORNAL. É provável que tenha sido decisiva a "inocência" medonha do repórter, que só tinha cumprido o dever ao fornecer manchetes e notícias sensacionalistas para o JORNAL e que, agora, provavelmente quisesse fornecer a "verdadeira" história a outro jornal – essa "inocência" medonha, essa quase falta de noção do repórter, talvez tenha sido decisiva para Katharina pegar no revólver. Ela havia compreendido que o JORNAL é torpe – essa torpeza "inocente" deve ter sido a gota d'água. Uma moça "simples" se desespera e comete um ato de desespero, um assassinato, que no romance trivial seria chamado de "ato sanguinário". Ela teve de fato a intenção de matar o repórter? De todo modo, tinha arrumado uma pistola. Que se faça valer o código penal. Não existem apenas conflitos que acabam em morte; existem conflitos que, se sobrecarregam uma pessoa, desaguam, implacáveis, em um fim mortal. Isso também é conhecido no Ocidente e é algo que até informáticos podem reconhecer.

O que importa é: a narrativa não tem só um título, *A honra perdida de Katharina Blum*, tem também um subtítulo: "De como surge a violência e para onde ela pode levar". Pouco se conhece sobre a violência gerada por MANCHETES e sabemos menos ainda para onde a violência de manchetes pode levar. Seria tarefa da criminologia fazer uma investigação sobre o que certos JORNAIS conseguem aprontar, com toda a sua "inocência" bestial. Mas a narrativa não tem só título e subtítulo, tem também um slogan: "As personagens e o enredo desta narrativa são puro fruto da imaginação. Se, em descrições de certas práticas jornalísticas, surgirem semelhanças com as do jornal *Bild*, isso não se deu por acaso ou premeditação; foi, isso sim, inevitável". Título, subtítulo, slogan, essas três aparentes trivialidades são parte importante da narrativa. *Pertencem* a ela. Sem elas a tendência panfletária – e essa é de fato uma narrativa tendenciosa! – não seria compreensível. Quem se ocupar desta narrativa tem de antes se ocupar desses três elementos prefixados; eles são quase uma interpretação.

Outro dia uma turma de certa escola de Hamburgo perguntou-me, através de sua professora, o que "aconteceria" se Katharina e Ludwig saíssem "mesmo" da prisão em 1982. Boa pergunta, eu jamais a teria formulado. Bem, como ambos nunca foram terroristas, não se poderia esperar que o fossem agora. É provável que Katharina ficasse mais tempo que Ludwig. Primeiro iria trabalhar na cozinha, depois no planejamento econômico da prisão; dar plenos poderes a Ludwig para fazer dinheiro com seu patrimônio, junto com o advogado Blorna, e para procurar um pequeno hotel, que administrariam juntos. Iria confessar a Ludwig e a alguns amigos que não tinha tido a intenção de matar Tötges, que aquilo simplesmente "lhe ocorreu" quando ele – revestido de sua inocência medonha – foi até ela com interesses comerciais e também sexuais. A atitude dele causou estranhamento a ela – assim como a atitude dela em relação a si mesma. Claro que ele sabe tratar-se de uma assassina, e esse é o motivo de não querer ter filhos. Não gostaria que ficassem dizendo que a mãe era assassina. Eu lhe aconselharia a assumir outro nome, a pintar o cabelo de preto, se ela for loira, e, se tiver o cabelo preto, que pinte de loiro. Quanto mais velha, mais rigorosa ficará consigo; trata-se de uma mulher *escrupulosa*, mesmo que tenha cometido um assassinato. Isso existe, e espero que Ludwig lhe seja um bom companheiro.

A propósito, a reação da imprensa, que, confiante, chegou a se considerar "alvo" deste livro, foi não só negativa – o que é compreensível! – como em parte até mesmo ridícula. Não entramos na lista semanal dos mais vendidos porque o livro teria de ser mencionado. Também os impérios poderosos não são sempre tão soberanos quanto pensam. O papa do império não é condescendente com uma queixa *direta*. Ele envia seus coroinhas para ministrar, ou seus cardeais – ocasionalmente, durante as missas papais, são os cardeais que ministram. Eu expiei minha culpa, mas não me arrependi de nada.

P.S. Nesse ínterim, o jornal *Bild* já se tornou quase um gabinete governamental. Comunicados oficiais do ministério sobre temas políticos importantes são publicados sábado ou domingo em alguma das variantes do *Bild*. Não se trata de uma coincidência.

Posfácio: A honra da estrela – o direito ao grito
PAULO SOETHE

A atualidade da narrativa mais impactante de Heinrich Böll (1917-1985) renova-se hoje com requintes de lealdade. As coincidências não se dão por acaso ou premeditação, mas são, sim, inevitáveis: *A honra perdida de Katharina Blum* é na Alemanha o exemplo mais paradigmático da arte literária dos anos 1970[1], desse tempo que, de algum modo, parece hoje reviver – ou evidenciar-se em toda a sua força – com a velocidade dos novos suportes midiáticos.

Não poderia haver contexto melhor para o lançamento da tradução brasileira: em 17 de dezembro de 2017 o escritor teria feito 100 anos, seu nome foi celebrado e rememorado em todos os meios de comunicação importantes da Alemanha. O presidente Frank-Walter Steinmeier promoveu não apenas um evento, no dia 17 de dezembro mesmo, mas também um segundo, no dia 22 de abril de 2018, aniversário da Tomada de Berlim, com destaque ao papel de Böll em favor das relações russo-alemãs. Antes do fim de 2017 havia sido lançado seu *Diário de guerra*, que tornava presente, mais uma vez, a

---

1 Remeto aqui ao livro de Pedro Dolabela Chagas, *Arte e pensamento*. Belo Horizonte: UFMG, 2018.

indissociabilidade entre obra e vida na formação literária e produção do autor.[2]

Em 1974, sua narrativa, ou *Erzählung* – com o subtítulo em bastante destaque já na primeira edição: "De como surge a violência e para onde ela pode levar" –, arrastou consigo, em onda incontornável de ativismo à esquerda e à direita, o público leitor, a mídia, o Estado, a cena cultural dentro e fora da Alemanha.

Como o primeiro alemão desde o fim da Segunda Grande Guerra, Heinrich Böll recebera dois anos antes o Prêmio Nobel de Literatura de 1972, enquanto seu país (no auge do bem-estar econômico proporcionado pelo imenso êxito do Plano Marshall de reconstrução econômica) vivia não uma primavera de luta por liberdade, mas se encaminhava passo a passo ao assim chamado Outono Alemão: o encadeamento de episódios sangrentos nos meses de outono de 1977, por exemplo, o sequestro e assassinato do presidente da Federação Alemã das Indústrias, Hanns-Martin Schleyer, a morte de quatro colaboradores seus e o sequestro de um avião da Lufthansa.

O dia a dia, naqueles anos, era marcado por episódios de violência "terrorista" de grupos de extrema esquerda e por ações de exceção, prevenção e reação policial, como resposta do Estado. As ações de roubos, sequestros e atentados da Fração do Exército Vermelho (Rote Armee Fraktion, RAF, conhecida também como Grupo Baader-Meinhof), que se davam a poucos quilômetros do emblemático Muro de Berlim, eram lideradas, entre

---

2 Para uma introdução geral à obra e vida de Böll, ver Paulo Soethe, "Situação histórica e concepções poéticas de Heinrich Böll". Curitiba, *Letras*, n. 46, pp. 83-103, 1996.
Sobre a produção satírica do autor e a recepção de sua obra no Brasil, ver Paulo Soethe, "Heinrich Böll: sátira e fé". Nova York, *LL Journal*, n. 7, pp. 1-14, 2012.

outros, pela jornalista Ulrike Meinhof. O grupo se inspirava em práticas sul-americanas de guerrilha urbana (o *Minimanual* do brasileiro Carlos Marighella, por exemplo, era obra de referência para seus integrantes) e ganhava as páginas da *imprensa* alemã e internacional. E justamente: a imprensa democrática, naqueles anos 1970, vivia de certa forma seu clímax nos países em que podia existir, como lugar de confluência e formação da esfera pública, um ringue para o boxe ideológico e um palco para o noticiário sobre conflitos decorrentes da Guerra Fria, nas relações entre os blocos, e na prática revolucionária ou repressora em diversos países.

Nesse contexto, Katharina Blum, singela como uma flor (*Blume*, em alemão), já nasce alçada ao estatuto de figura pública; e seu criador, Böll, põe-se a testar, com ela, todos os mecanismos possíveis de "controle do imaginário" e de sua subversão.

Pois em 10 de janeiro de 1972, dez meses antes do anúncio de sua escolha para o Nobel, o escritor publicara na revista *Der Spiegel* (com tiragem média mensal de 953 mil exemplares em 1969, por exemplo) o artigo intitulado "Ulrike Meinhof quer misericórdia ou salvo-conduto?". Tratava-se de um libelo bastante direto contra a leviandade do jornal *Bild*, do grupo editorial Springer. Sem provas, na edição de 23 de dezembro de 1971, o periódico atribuíra à matéria de capa sobre um assalto a banco em Karlsruhe a manchete categórica: "O bando Baader-Meinhof continua matando". Böll, engajado politicamente (inclusive com apoio direto ao Partido Social-Democrata desde 1969), defendeu incondicionalmente em seu artigo a manutenção de garantias fundamentais do estado de direito, como a presunção de inocência e a integridade da pessoa, que cabe preservar, por exemplo, contra ações de calúnia e difamação.

O ataque ao mais popular órgão da imprensa alemã, e ademais em defesa de uma ativista de esquerda, desencadeou reações e consequências midiáticas, políticas e jurídicas que perduraram por quase exatamente uma década. O veredito final do processo que Heinrich Böll moveu contra "o JORNAL", que rapidamente tratou de criticá-lo como mentor intelectual do terrorismo, só foi proferido em 1º de dezembro de 1981, a poucos dias de completar dez anos a publicação da matéria na revista *Der Spiegel*.

No cerne dessas questões, a narrativa sobre Katharina Blum, história de amor, difamação, poder e violência. A peça literária, que inicialmente foi publicada como encarte da própria *Der Spiegel*, em 29 de julho de 1974, e que como livro (pela editora Kiepenheuer & Witsch, 1974) permaneceu dez semanas a fio como primeiro colocado na lista de best-sellers dessa mesma revista, logo dá também origem a um roteiro, assinado pelos grandes cineastas Volker Schlöndorff e Margarethe von Trotta, em parceria com Böll. O filme, com Angela Winkler no papel principal, foi exibido pela primeira vez em setembro de 1975 e tornou-se um dos maiores sucessos do cinema alemão até hoje.

Antes de relatar brevemente a crônica do embate entre o Davi da literatura e o Golias dos conglomerados editoriais, uma consideração preliminar sobre as dimensões do gigante: mesmo com as mudanças nas formas de comunicação ocasionadas pelas mídias digitais e com os desafios que isso impõe a fontes impressas de informação, a comercialização de periódicos na República Federal da Alemanha registra números surpreendentes. Se em 2006 foram comercializados 21 milhões de jornais por dia, em 2017 a tiragem média diária continuou totalizando 14,7 milhões de exemplares. No ano de 2016, as empresas da imprensa alemã movimentaram, entre vendas de exemplares e comercialização de anúncios, pouco mais de 7,5 bilhões de euros.

Mais impressionante ainda, para quem talvez idealize em excesso o país dos "poetas e pensadores", é que mais de 10% dessa tiragem total de exemplares (1,6 milhão de exemplares por dia) corresponda às vendas do *Bild-Zeitung*, órgão mais popular da assim chamada "imprensa marrom" na Alemanha.

É um público considerável, e um público cativo há décadas, à revelia de toda crítica que essa gazeta possa ter recebido, na literatura, no cinema, mundo afora. Afinal, há (e)leitores na Alemanha que precisam das *fake news* suas de cada dia, ou de relatos sensacionalistas, e que não por acaso, entre outros, alavancam o crescimento de atitudes conservadoras naquele país. Mesmo na Alemanha, que, de tão escaldada pela "peste marrom" (coincidência: era a cor dos uniformes nazistas), parece ter muito medo de água fria.

Afinal, foi contra o *Bild*, o JORNAL, que Heinrich Böll ousou levantar-se. Suas palavras em favor de direitos fundamentais e da defesa da pessoa pelo Estado de forma neutra e incondicional foram interpretadas pelo periódico e por uma gama ampla de políticos conservadores, sobretudo do partido da União Cristã Democrática, como defesa de práticas terroristas e menosprezo pelo Estado. Dezenas de artigos e comentários na televisão atacaram-no sob esse argumento. A partir de 29 de janeiro, ele reage e publica textos longos em órgãos de imprensa como o *Süddeutsche Zeitung* e a *Der Spiegel*.

Além do debate público, que logo ganha grandes proporções e envolve outros intelectuais e escritores como Günter Grass, e resulta em manifestos assinados por dezenas de figuras públicas em defesa de Böll e da liberdade de pensamento, há também uma enxurrada de cartas, muitas delas anônimas, detratando o escritor. Um homônimo dele, o aposentado Heinrich Böll, morador da cidade de Düsseldorf, recebe um vagalhão de impropérios e ameaças por via postal e, intimidado, fica semanas sem sair de casa.[3]

Em meio aos debates entre personalidades da vida pública alemã, a atenção de Böll se volta para uma cidadã mediana que, por sua proximidade profissional a algumas pessoas poderosas e em razão do acaso, vê-se envolvida com a imprensa e então sofre um processo de exposição pública, difamação e consequente destruição psíquica e moral.

Manfred Durzak, um dos grandes germanistas de sua geração, em *O romance alemão contemporâneo* (1979), reconhece em Böll, assim, a voz do escritor socialmente crítico, que aprega a coerência entre estética e moral e reforça o ímpeto moral que move seus textos. Por outro lado, o vê como apologeta do pequeno-burguês moralmente íntegro: sua noção do "humano" nasceria daí. E como apologeta, Böll incorreria no erro de considerar absoluto o horizonte individual de compreensão da realidade. Por causa dessa última característica, Durzak considera ineficiente a opção por representar indivíduos inconformados, mas ao mesmo tempo incapazes de alterar as relações vigentes na sociedade estabelecida. Representá-los, como faz Böll, corresponderia a acatar involuntariamente o desenvolvimento político da sociedade e tornar-se passivo diante dela.

Para Durzak é significativo que Böll impute à sociedade alemã um fracasso *moral*, por ela não ter sido capaz

---

3 Viktor Böll e Markus Schäfer, *Der Deutsche Herbst. Heinrich Böll und die Terrorismus-Diskussion der 70er Jahre*. Colônia, 1992, pp. 53-85.

de transformar "culpa, arrependimento, penitência e reconhecimento" em categorias sociais e políticas. A concentração de Böll sobre o indivíduo pretenderia despertar novas atitudes *morais* que deveriam levar à regeneração da sociedade. A reflexão propriamente política seria no entanto muito modesta e insuficiente em seus escritos.

Durzak refere-se assim a uma "insegurança artística" de Heinrich Böll, entendida como inconstância de estilo e como razão para a presença de duas linhas dissonantes, cuja aproximação permanece mal resolvida. Nos textos, ao lado do desenvolvimento da ação, haveria um componente de sentimentalidade como que descontextualizado, mas que não raro se mostraria determinante para a narrativa, sem estar, no entanto, integrado de modo consistente à composição formal da obra.

A insegurança de Böll se daria entre "atuar politicamente" e "ser escritor". De fato, em 1967, em entrevista a Marcel Reich-Ranicki, Böll considera "despropositado" e "um desperdício de tempo" a atuação política imediata, à luz da situação política e ideológica da Alemanha naquele momento, que era dominada por um cenário politicamente conservador. Böll conclui que a atuação política do escritor só pode acontecer "de forma mediata, e deve-se confiar nessa atuação mediata. Caso contrário, o escritor deve tornar-se político..."[4].

A convivência de ação política e produção literária perpassa e movimenta, contudo, a obra e a biografia de Böll, como já se vê poucos anos depois dessa declaração, quando ele decide apoiar a campanha eleitoral de Willy Brandt e, como dizíamos, quando toma posição firme diante das leis de exceção que se queria impor como

---

4 Heinrich Böll, *Aufsätze – Kritiken – Reden II*. Munique, 1969, pp. 218-226.

medida de combate à onda de terrorismo nos anos 1970, o que lhe custou muito. Vale lembrar ainda que ele, como presidente da seção alemã do PEN Club, ofereceu ajuda a exilados políticos, sobretudo escritores, ora vindos do Leste Europeu (Böll abrigou Aleksandr Soljenítsyn em sua própria casa quando este deixou a ex-União Soviética em 1974), ora vítimas de perseguição política de governos autoritários do então chamado Terceiro Mundo.

Assim, há mesmo uma "contradição" nas práticas de Böll, já que declara a incompatibilidade entre ação política e fazer literário, sem poder prescindir nem de uma nem de outro. Aqui, como no caso da irrupção do amor e da paixão na vida de Katharina, certa incoerência parece ser mesmo parte do programa. Prevalece uma racionalidade poética, que se aproxima mais do acaso e da impossibilidade de controle pleno sobre a vida. Os posicionamentos de Böll, até mesmo na composição de *A honra perdida de Katharina Blum*, pretendem a todo momento legitimar a incorporação do imponderável, daquilo que ele vê como "humano". Sua postura sempre polêmica (e assumidamente "incoerente" de um ponto de vista estritamente lógico) parece querer resguardá-lo do exercício de *controle externo*, que ameaçaria tanto a liberdade da dicção literária quanto a dimensão da vontade e do desejo em sua atuação e presença na sociedade.

Para Böll, autor de "Ensaio sobre a razão da poesia", a literatura tem sua grande virtude em figurar a pluralidade, o intervalo, o que é justamente irredutível a fórmulas de compreensão de uma razão unívoca. Segundo ele:

> Políticos, ideólogos, teólogos e filósofos procuram insistentemente oferecer soluções plenas, problemas explicados à exaustão. Essa é a sua obrigação; e a nossa, dos escritores – pois sabemos que não podemos explicar

nada de forma plena e incontestável –, é penetrar nos intervalos.[5]

O escritor propõe como objeto da dicção poética o "intervalo" entre a vontade de escrever e o produto de sua escrita, justamente porque aí se encerra toda a gama de interferências a que o autor se vê submetido: limitações individuais, a irredutibilidade, as contradições e a dinamicidade da vida e dos discursos. Böll procura manter, mais que coerência, certa unidade existencial; e parece contentar-se com inseri-las discursivamente na vida e no tecido comunicativo de seu universo de leitores. Talvez, de fato, a fragilidade apontada por Durzak em obras de Böll se dê pela filiação de seu tom narrativo a uma tradição discursiva romântica já completamente desprestigiada no tempo de seu surgimento. Ou talvez devido ao apelo excessivo à identificação cega do leitor com dramas pessoais que perdem em credibilidade justamente pela formulação demasiado séria e fatalista que recebem. Mas são esses os elementos "vitais" que Böll não quer apagar. Sua linguagem objetiva a *incorporação explícita de uma norma ética* como constituinte da composição formal. São justamente (a) a ficcionalização de motivações utópicas, éticas e religiosas, (b) a abordagem de questões ligadas ao contexto político-social imediato e (c) a problematização das oscilações pessoais em face da possibilidade de atuação política direta que conduzem o escritor Heinrich Böll a alguns dos melhores e mais legítimos resultados em sua realização literária.

O presente livro é, desse ponto de vista, uma das obras-primas do escritor alemão. Os tiros disparados

---

5 Heinrich Böll, *Werke. Essaystische Schriften und Reden*. 3 v. Colônia: Kiepenheuer und Witsch, 1979, p. 40.

por Katharina Blum equivalem ao grito que, por exemplo, na literatura brasileira, realiza-se *ex negativo* com o silêncio de Macabéa. As soluções são dadas *livremente* pelas dicções indomáveis, seja de Clarice Lispector, seja de seu contemporâneo alemão. O que vale a vida, mas pode valer também a morte, é não se deixar calar.

PAULO SOETHE é professor da Universidade Federal do Paraná (UFPR). É autor de livros, artigos e pesquisas acadêmicas sobre Heinrich Böll, de quem também traduziu a obra *Pontos de vista de um palhaço* (Estação Liberdade, 2008). Em 2015, recebeu o prêmio Jacob e Wilhelm Grimm do Deutscher Akademischer Austauschdienst (DAAD), distinção internacional concedida a germanistas atuantes fora dos países de língua alemã.

PREPARAÇÃO Alexandre Barbosa de Souza
REVISÃO Ricardo Jensen de Oliveira e Cecília Floresta
CAPA Bárbara Abbês
PROJETO GRÁFICO DE MIOLO Bloco Gráfico

Editorial
DIRETOR EDITORIAL Fabiano Curi
EDITORA-CHEFE Graziella Beting
EDITORA Ana Lima Cecilio
ASSISTENTE EDITORIAL Kaio Cassio
ASSISTENTE DE COORDENAÇÃO EDITORIAL Karina Macedo
EDITORA DE ARTE Laura Lotufo
PRODUTORA GRÁFICA Lilia Góes

Comunicação e imprensa
Clara Dias

Administrativo
Lilian Périgo
Marcela Silveira

Expedição
Nelson Figueiredo

EDITORA CARAMBAIA
Av. São Luís, 86, cj. 182
01046-000 São Paulo SP
contato@carambaia.com.br
www.carambaia.com.br

copyright desta edição © Editora Carambaia, 2019
Título original: *Die verlorene Ehre der Katharina Blum
oder Wie Gewalt entstehen und wohin sie führen kann*
© 1974, 2002, Verlag Kiepenheuer & Witsch GmbH & Co. KG,
Köln/Alemanha

1ª reimpressão, 2020

A tradução desta obra contou com o auxílio do Programa
de Apoio à Tradução do Goethe-Institut, que é financiado
pelo Ministério das Relações Exteriores da Alemanha.

CIP-BRASIL. CATALOGAÇÃO NA PUBLICAÇÃO
SINDICATO NACIONAL DOS EDITORES DE LIVROS, RJ

B674h
Böll, Heinrich [1917-1985]
*A honra perdida de Katharina Blum: de como surge
a violência e para onde ela pode levar* / Heinrich Böll;
tradução Sibele Paulino; posfácio Paulo Soethe.
1. ed. – São Paulo: Carambaia, 2019.
136 p.; 21 cm

Tradução de: *Die verlorene Ehre der Katharina Blum
oder Wie Gewalt entstehen und wohin sie führen kann*
ISBN 978-85-69002-48-2

1. Romance alemão. I. Paulino, Sibele.
II. Soethe, Paulo III. Título.

18-54196   CDD: 833   CDU: 82-31(430)
Meri Gleice Rodrigues de Souza – Bibliotecária CRB-7/6439

ılımıtada

FONTE
Antwerp

PAPEL
Pólen Soft 80 g/m²

IMPRESSÃO
Ipsis